土撥鼠情報隊
土撥鼠情報隊

貓爪便利店
貓爪便利店
雪莉猫

貓爪怪探團

多多羅／著

混沌時代篇

5 怪盜與怪探

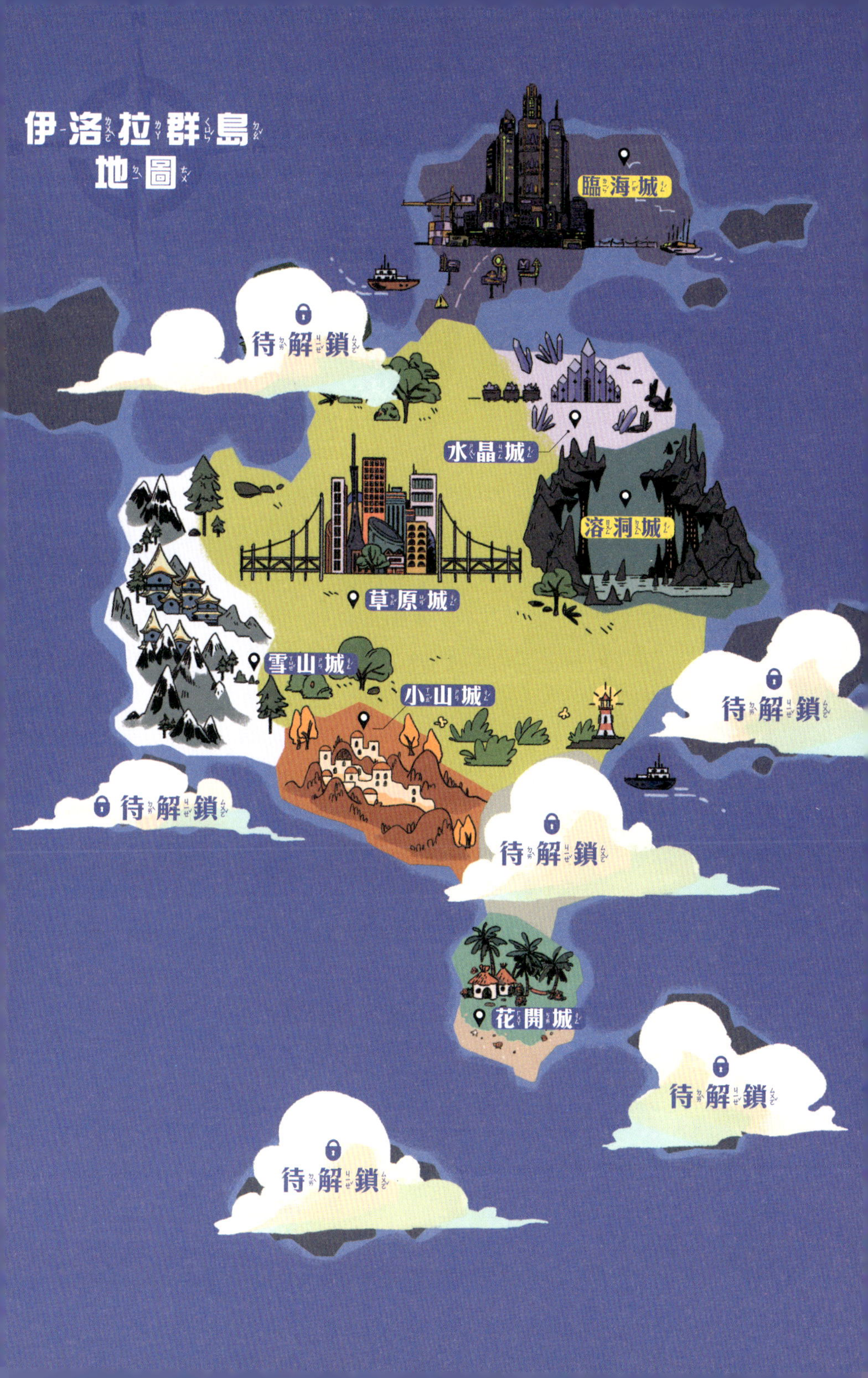
伊洛拉群島地圖
臨海城
待解鎖
水晶城
溶洞城
草原城
雪山城
小山城
待解鎖
待解鎖
待解鎖
花開城
待解鎖
待解鎖

人物檔案

祕密小姐

名字：雪莉貓　種族：獰貓

伊洛拉群島知名的大小姐，高貴、優雅、闊綽，是在幕後提供一切資源和智慧的「祕密小姐」。憑藉詳細的作戰計畫和先進的科技發明，掌握著伊洛拉群島的一切資訊！！

月光幻影

名字：尼爾豹　種族：雪豹

一隻樂天派雪豹，是貓爪便利店的員工，也是伊洛拉群島上刺破黑暗的「月光幻影」。他憑藉靈活的身手和巧妙的偽裝技術，在伊洛拉群島的暗夜中大放異彩！

發明大師

名字：多古力　種族：浣熊

畢業於克里特特國際學院，經過一番磨礪成為享譽世界的發明大師。

名字：啾多　種族：啾啾族

每天都會來貓爪便利店報到的上班族。

傳說中，這是一個由各式各樣厲害的人物組成的團隊，他們神出鬼沒，僅僅透過一個操作簡單的網站接受委託。無論對手是窮凶惡極還是老奸巨猾，他們都能一一搞定……有人說他們是罪惡的剋星，也有人說他們是譁眾取寵的小丑。但不可否認的是，他們的存在，就像是投入水中的石子、扇起微風的蝴蝶，最終產生了巨浪與狂風，深刻的改變了伊洛拉群島。

目錄

一

泉水之國的傳說

在一片不知名的山野深處，有一個全副武裝的身影正在山林間穿梭。她一隻爪子握著一根登山杖，另一隻爪子握著登山鎬。只見她用力將登山鎬的尖頭嵌進石頭的縫隙中作為支撐點，小心翼翼的攀爬著一段陡峭的山路。漸漸的，她越爬越高，面前的路也越來越陡，幾乎快與地面垂直了！她丟下了已經失去作用的登山杖，轉而依靠著登山鎬和爪子的力量，準備翻越這最後的一段道路。

雖然很困難，但是她必須向上攀登。

就在她即將到達頂峰的時候，她爪子攀著的那一塊岩石竟然發出了鬆動的響聲，緊接著，石頭從岩壁上剝落，掉入深淵。

現在她所有的重量都集中在登山鎬上，這讓嵌在岩壁中的登山鎬也搖搖欲墜，彷彿下一秒，登山鎬就會和那塊石頭一樣，帶著她一起向下墜落。

然而，就在這一瞬間，這位登山者就像是會飛一樣，她的手腳一起用力，以登山鎬為支點，輕巧的向上翻越，最後來到了高地上。

「呼……嚇死我了。」登山者說著，摘下了護目鏡，露出一張白狼的臉。

原來，這個登山者是來自格蘭島的花店店主——艾琳娜娜！

艾琳娜娜到這個深山老林裡來做什麼呢？

只見艾琳娜娜從登山包中取出一個筆記本，翻開之後將高地的景色和筆記本裡的插畫對比，當看到那個和插畫上描繪得別無二致的山洞口的時候，她臉上泛起了喜悅的神情：「找到了，就是這裡！爸爸的筆記裡寫的就是這裡！」

原來，艾琳娜娜是因為看了她爸爸——考古學家普尼特留下的筆記才找到這裡來的。艾琳娜娜經常外出旅遊——實際上是跟隨著父母留下來的筆記，到每一個父母曾經到過的地方。她希望藉由這樣的方法能找到和父母有關的線索，從而找尋失蹤已久的父母。

而她面前的這個山洞，就是普尼特的筆記裡所寫到過的、傳說中的泉水之國的神殿入口。

泉水之國，據說是一個很久以前就消失了的國度，這個國家有一種神奇的泉水，無論你得了什麼病，只要用神泉之杯喝了這神奇的泉水，就會痊癒。當然，這都是艾琳娜娜的媽媽、探險家尼婭的書上寫的。就連尼婭自己也不相信這個傳說，她在書上寫道：「儘管泉水之國神殿裡的壁畫描繪的是這樣的故事，但是如果真的有包治百病的泉水，那這個國家為什麼還會消失呢？」

當然，艾琳娜娜並不是為了尋找神奇的泉水才到這裡，她只是找到了爸爸的某本筆記，上面寫著：「泉水之國神殿中用來裝神奇泉水的神泉之杯的神奇功能，與我們的研究對象或許有關係。」

艾琳娜娜嘀咕道：「神泉之杯……研究對象？爸爸媽媽失蹤之前到底在研究什麼？我……我得去找到那個杯子，也許就能找到線索了！」

就這樣，艾琳娜娜再次背起行囊，經過一路奔波，克服了各種險阻，終於站在了傳說中的泉水之國神殿的入口。

陽光斜斜的照射在高地上，穿過山洞前的藤蔓，又被山洞裡的黑暗吞噬。這裡面會有什麼呢？會有包治百病的泉水嗎？會有忽然衝出來的守衛者嗎？更重要的是，會有神泉之杯和尋找父母的線索嗎？

艾琳娜娜深吸一口氣，毅然決然的走了進去。

然而，當艾琳娜娜撥開藤蔓，打著手電筒進入山洞的時候，原本激動的心涼了大半截。

山洞裡是一條長長的通道，通道兩邊刻

著一些壁畫，根據普尼特的說法，這上面刻畫的是關於神奇泉水的傳說。當然，這並不是讓艾琳娜娜感到失望的地方。

「這些痕跡……糟糕了，不會是有盜寶賊來過了吧！」艾琳娜娜看著地面上那些紛亂的腳印，驚慌的想。

這些腳印看起來是新留下的，肯定不是艾琳娜娜的父母留下的。如果這些是盜寶賊留下的痕跡，那可就太糟糕了。與從事研究事業的考古學家們不同，盜寶賊就是一群只注重利益的、厚顏無恥的小偷、強盜。他們從來不在乎先民們墓穴和遺跡的文化研究意義，只想著如何在這些地方挖出寶藏，好讓自己變得富有。他們也不會像考古學家們一樣小心翼翼的對待遺跡，而是利用錘子和火藥，肆意的為自己開路，從不管會破壞什麼。

錢，他們只要錢。

那些被盜寶賊光顧過的遺跡，通常會被破壞得一塌糊塗，什麼線索也不會留下。

「不會的，不會的，爸爸媽媽從來不會在書裡寫出遺跡的位置，那些盜寶賊怎麼可能找得到這麼隱蔽的地方呢？連我都是看到爸爸的個人筆記才知道大概的方位的……不會的，不會的……」艾琳娜娜一邊在心裡祈禱著，一邊沿著通道往深處前進。然而，當她看到地上散落的那一堆石塊和牆上的那個大洞的時候，她的心徹底的涼了。

「完了，這粗暴的手法，就是盜寶賊幹的！」

艾琳娜娜撲到大洞邊，那是錘子粗暴破壞過的證據，那石頭上的焦黑，則是火藥留下的痕跡。

透過那個大洞往裡面一看，憤怒瞬間衝上了艾琳娜娜的大腦：「可惡，這些傢伙怎麼能對文物做這樣的事情！」

這裡明顯是神殿的中心，由於找不到入口，那群盜寶賊就採用了粗暴的進入方法。他們一進來，就將所有能拿走的東西都裝進了包裡。當然，那些不能拿走的，他們也要想辦法拿走。

於是展現在艾琳娜娜眼前的，就是腦袋已經被敲掉帶走，只剩下了身體的精美雕塑，還有被鑿壞了的壁畫，上面鑲嵌的寶石已經不翼而飛。那散落一地的碎片，是一個年代久遠的國度存在過的證明，也是無聲的哭泣。

當然，那個擺放在已經乾涸的泉水中心的神泉之杯，也消失無蹤了。

「可惡……可惡……慢了一步。」艾琳娜娜

無力的坐在地上，靠著牆壁嘆氣。這時，她動了動鼻子，忽然想道：「空氣裡還有火藥的味道，就算這裡空氣不太流通，但是也並不是完全封閉的，也就是說，這群該死的盜寶賊是不久之前來的！他們搶走這些東西都是為了錢，所以一定會在拿到這些文物之後就賣掉！」

艾琳娜娜站起身朝外跑去，她得趕緊回家，只要能追查到這批文物的下落，就還有機會找到那個杯子！

啾颯在院子裡澆花時，看到出去旅遊的艾琳娜娜竟然回來了，他揮舞著手裡的花灑，朝艾琳娜娜打招呼：「艾琳娜娜，你回來了啾！」

艾琳娜娜只是揮了揮手，看起來有些無精打采。

「啾？艾琳娜娜心情不好啾？」啾颯有些擔心的問。艾琳娜娜雖然因為神殿被破壞而打不起精神，但還是露出笑容，把旅遊紀念品遞給了啾颯。

艾琳娜娜一回到家裡，就查找了這段時間所有的拍賣資訊，很快，她就看到，就在不久之前，一批文物被一個來自伊洛拉群島的富商買回了家。儘管拍賣手冊上的圖片是那麼模糊，但是艾琳娜娜一眼就認出，那就是泉水之國神殿裡被盜走的那批文物。

「看來……有必要去伊洛拉群島一趟了。」

不過伊洛拉群島在哪裡？是個怎樣的地方？會遇到怎樣的危險呢？艾琳娜娜必須收集資料，做好萬全的準備才能動身。

格蘭島北部森林的花店裡，艾琳娜娜正趴在花店的桌子上，面前堆著小山一樣高的資料。仔細一看，全都是伊洛拉群島的相關資訊，什麼《你不知道的伊洛拉知識大全》啦，什麼《你不得不品嘗的伊洛拉美食》啦，什麼《伊洛拉旅遊一本通》啦……艾琳

娜娜不停的翻著這些資料，在筆記本上寫寫畫畫。

一陣風鈴聲從門口傳來，是有客人進來了。艾琳娜娜忙著看書，頭也不抬的說：「歡迎光臨，請問您需要什麼花呢？」

「艾琳娜娜，好久不見！」一個熟悉的聲音傳來，艾琳娜娜驚喜的抬起頭——是火烈鳥（紅鶴）弗拉拉！

弗拉拉和艾琳娜娜是透過邁克狐認識的。這還要從火烈鳥弗拉拉的職業說起，她是一位出名的小說家，自從邁克狐幫弗拉拉解決了幾起事件之後，弗拉拉就和邁克狐成了朋友，邁克狐偵探事務所更是成了弗拉拉絕佳的取材地點。這樣一來二去，弗拉拉就和艾琳娜娜認識了，並且很快成了無話不談的朋友。

弗拉拉經過漫長的閉門寫作，終於交出了新一期的稿子。她正準備到邁克狐那兒取材的時候，發現艾琳娜娜回來了。

弗拉拉問：「艾琳娜娜，你這次去哪裡旅遊了，遇到什麼好玩的事情了嗎？快跟我說說！」

弗拉拉坐在艾琳娜娜面前，手裡拿著筆記本和鋼筆——她真是隨時不忘取材的事兒。

艾琳娜娜想起那個被盜寶賊破壞殆盡的神殿就滿肚子氣。

「唉——沒什麼好說的……」她趴在桌子上，滿臉都是無奈。

這時，弗拉拉注意到艾琳娜娜面前的那一堆資料，有些驚訝的說：「全是伊洛拉群島的資料，艾琳娜娜，你下一站要去伊洛拉群島旅遊嗎？」

艾琳娜娜撐起腦袋問：「對呀，有點興趣。怎麼了？我聽你的語氣很驚訝呀！」

「這個伊洛拉群島……可跟其他地方不一樣……」弗拉拉的表情一下子變得興奮起來，從她口中，艾琳娜娜知道了一個跟書上寫的不太一樣的伊洛拉群島。

伊洛拉群島是一個離格蘭島很遠的地方，與基本連成一個整體的格蘭島不同，伊洛拉群島是由許許多多大小不一的島嶼組成的，而每個島上，又會有不同的城市或者鄉鎮。更重要的是，伊洛拉群島可不是一個和平的統一體。各個島嶼、各個城市之間各自為政，經常因為各種各樣的事情發生矛盾。在這種情況下，伊洛拉群島有些地方勉強還算得上和平，而更多的地方則是危險異常，稍有不注意就會被騙、被攻擊……

「啊？伊洛拉群島竟然這麼危險！」艾琳娜娜有些驚訝的問，「那警察呢，他們沒有警察嗎？」

弗拉拉說：「有，但是因為那裡實在是太混亂了，警察每天都忙不過來……」

艾琳娜娜腦子裡閃過幾個方案，忽然，她想到了什麼，抬起頭問：「哎，弗拉拉，你怎麼這麼清楚？難道你去過伊洛拉群島？」

只見弗拉拉啪的一拍桌子，差點把桌面上的那一堆書全都震下去：「何止是去過！我一到伊洛拉群島，就被騙子騙走了行李！我去報警，他們居然讓我登記，因為前面還有九百九十六個待處理的案件！」

「啊?!」艾琳娜娜驚訝的瞪大了眼睛，「那然後呢？」

弗拉拉嘿嘿一笑，臉上露出了一個帶著崇拜的笑容：「最後是貓爪怪探團幫了我……」

貓爪怪探團？

艾琳娜娜瞇起眼睛問：「貓爪……怪……怪探團？這是什麼？聽起來好拗口！」

弗拉拉一下子站了起來：「要去伊洛拉群島，你必須知道貓爪怪探團！」

艾琳娜娜被嚇得瑟縮了一下，問：「呃，那……貓爪怪探團究竟是什麼？」

弗拉拉說：「在我的眼裡，貓爪怪探團是伊洛拉群島的保護神！他們來無影去無蹤，只要接受了委託人發出的委託，他們就會出現，懲治壞人，幫大家討回公道！」

「那天，就在我心灰意冷的從警察局出來之後，我在路上看到了一張小卡片！」弗拉拉繪聲繪色的說，「卡片上有一個貓爪圖案，還有一個網址，上面寫著能透過網址發布委託。我想著反正也沒有其他辦法了，不如試試。我的行李雖然被騙走了，但是我的錢包還在身上啊。於是我到了一個有電腦的旅店，向他們發布了委託。」

弗拉拉越說越興奮，她喝了口水，接著說：「你猜怎麼著？就在第二天晚上，同一個碼頭，我也不知道具體發生了什麼，那個騙子竟然自己坐在行李箱上，在碼頭滑行了一圈又一圈，還大喊著『我再也不騙人啦』。」

艾琳娜娜瞪大了眼睛：「啊？怎麼會這樣？總不會是騙子自己良心發現了吧！」

「怎麼可能！」弗拉拉一拍桌子，「接下來才是重頭戲。忽然，整個碼頭的燈光都暗了下來。在月光中，只見一個穿著黑紅色風衣的身影出現在路燈上面！他打了一個響指，那個一直在滑行的行李箱就停了下來，騙子因為慣性直直的飛了出去，正好飛到我面前摔了個大馬趴！」

弗拉拉不愧是一個小說家，她那生動的講述讓艾琳娜娜覺得自己彷彿當時就在現場一樣。「在月光的照耀下，那個穿著黑紅色風衣的帥氣身影說：『維護正義也是一門藝術，各位，歡迎來到貓爪怪探團的表演時間！我是月光幻影。』」弗拉拉說到這裡，眼睛裡就像閃爍著星星，「後來，那個帥氣的

身影跳到我面前，我才看到他戴著面罩，嘴角露著帥氣的笑容……原來是他們讓騙子自己招認了罪行，還把我的行李箱改裝成了電動的……」

弗拉拉後面已經完全陷入了對月光幻影的崇拜當中，在她的嘴裡，貓爪怪探團神出鬼沒，懲惡揚善，沒有人知道他們真實的樣子，但每個人都知道他們的事蹟。

最後，弗拉拉一拍桌子，下了結論：「我認為貓爪怪探團可比千面怪盜厲害多了！」

聽了這句，艾琳娜娜手裡的杯子一下子掉到了地上，發出清脆的響聲。

「啊哈哈……手滑了……怎麼忽然提到千面怪盜了？」艾琳娜娜笑容有些僵硬的問。

在格蘭島，千面怪盜可是一個能力不輸神探邁克狐的神祕人物——他行事高調，在每次作案前都會發出預告函；他神出鬼沒，真正的面容被他隱藏在多種多樣的變裝之下，沒人知道他的真實身分；他身手敏捷，就算出動了大量警力都無法抓住他。最神祕的是，被他偷走的東西在不久之後就會被原封不動的還回來，讓人搞不清楚他的目的。

不過弗拉拉並沒有察覺艾琳娜娜的不對勁，她沉浸在自己的情緒裡，激動的說：

「委託信和預告函，怪探和怪盜，怎麼看也是樂於助人、有很多道具的貓爪怪探團更厲害一些嘛。」

艾琳娜娜表情僵硬的笑道：「哈哈……可能吧……」

當天深夜，艾琳娜娜花店的二樓還閃爍著點點燈光。艾琳娜娜在自己的房間裡收拾著東西，她將寫著各種資料的筆記本塞進行李箱裡，筆記本中貓爪怪探團的名字上被狠狠的畫了幾個圈。

在弗拉拉離開之後，艾琳娜娜也查找了許多關於貓爪怪探團的資料，甚至還找到了幾張月光幻影的照片。雖然月光幻影被面罩和風衣包裹得嚴嚴實實，但艾琳娜娜還是看到了他耳朵裡的那個通訊器。

「貓爪怪探團，既然是一個團，那除了月光幻影，應該還有其他的成員。」艾琳娜娜分析道，「月光幻影應該是負責行動的，而通訊器另一邊的人，就負責指揮……嗯，也許還有一個提供設備的人。」

艾琳娜娜翻看著那些資料，上面顯示月光幻影經常使用一些奇奇怪怪的道具，雖然功能很奇特，但似乎不穩定，時不時就會出岔子。

「道具時不時就會出岔子……我怎麼感覺在哪裡聽過這樣的故事？唉，不管了，既然伊洛拉群島有貓爪怪探團這樣的組織存在……那麼我行動的最大阻礙，也許就是他們。」

艾琳娜娜的眼中閃出一絲興奮：「那就來吧，看看到底誰更厲害！」

2

千面怪盜的預告函

幾天後，伊洛拉群島草原城明鏡湖畔的貓爪便利店裡，尼爾豹正百無聊賴的站在櫃檯前，算著自己根本算不清楚的帳單。

忽然，一陣急促的腳步聲從庫房傳來，然後唰的一下門被打開，一隻獰貓急匆匆的說：「尼爾豹，你快過來，大新聞！」

「什麼大新聞能讓雪莉貓你這麼激動？」

尼爾豹好奇的跟著雪莉貓一起進入庫房。原來這小小的便利店大有乾坤。雪莉貓推開牆上的一道暗門，裡面竟然是一部電梯！

他們乘坐電梯穩穩下降，剛到地下基地，雪莉貓就匆匆忙忙的跑向亮著的電腦。尼爾豹疑惑極了，畢竟雪莉貓是一隻非常冷靜的獰貓，無論遇到什麼事情都不會驚慌。

然而，當尼爾豹看到螢幕上的字的時候，他也不能冷靜了。

「什麼？已經有人收到了千面怪盜的預告函?!」

尼爾豹的聲音雖然顫抖卻很洪亮，要不是基地的隔音效果好，他的聲音沒準能傳遍整個明鏡湖！

雪莉貓點點頭：「發委託信的是臨海城的富商駱駝老闆，他前不久在拍賣會上買下了一批古董，準備在自己的私人展館裡展出一段時間，結果就收到了一封千面怪盜的預告函！」

郵件的照片上清晰的展示出一張用花體字書寫的華麗卡片，上面寫著：

泉水之國的泉水早已乾枯，
泉水之國的寶物卻遭流散。
波濤之外的來客會將它們帶走，
去往真正的故鄉。

這封來自千面怪盜的預告函，預告著他將會在展會上帶走駱駝老闆的古董。

「千面怪盜要來偷那批古董？」尼爾豹看

完預告函問道。

雪莉貓點點頭：「對，然後那個富商就發來委託信，他希望我們能在展出期間保護古董……」

她一邊說話，一邊敲打著鍵盤，臉上滿是興奮：「我們要和千面怪盜交手了，那可是神探邁克狐的宿敵千面怪盜啊！」

神探邁克狐的名聲早就透過他破的那一樁樁案子傳遍了全世界。同時，他和千面怪盜那些互有勝負的交手也被改編成了各種各樣的故事流傳開來。在故事裡，千面怪盜只偷東西，不傷人，行動之前總會發出精美的預告函，沒有人見過他的真面目，他時而是男，時而是女，時而是猴子，時而是魚。就連無所不能、不會放過任何罪惡的神探邁克狐，都不能抓住他。

尼爾豹胸中燃起一股濃濃的勝負欲，他握緊拳頭：「那就讓我們來抓住他吧！看看到底是怪盜厲害，還是怪探厲害！哎，雪莉貓，你在寫什麼？」

雪莉貓頭也不回的說：「我在給邁克狐學長寫信，要抓千面怪盜，必須神探邁克狐出馬才行！並不是我覺得貓爪怪探團比不過千面怪盜……」

雪莉貓一邊給邁克狐寫郵件，一邊跟尼爾豹強調：「我是覺得邁克狐學長和千面怪盜是宿敵，有千面怪盜的地方就該把問題交給邁克狐學長解決，要是我們把千面怪盜抓住了，邁克狐學長一定會很遺憾吧……當然，就算是在邁克狐學長面前，也不能暴露我們貓爪怪探團的身分。」

尼爾豹拍拍胸口，說：「懂了懂了，你放心吧！」

很快，在格蘭島北部森林的邁克狐收到了一封郵件，郵件裡只有一張清晰的圖片和一行小字，標注了文物展會的地址和其他相關資訊。

「這是……千面怪盜的預告函！」

邁克狐震驚的站了起來，一直只在格蘭島行動的千面怪盜，竟然將預告函發往了遙遠的伊-洛拉群島?!

千面怪盜已經很久沒有出現過了，他之前偷的那些珠寶、文物，也已經全都物歸原主。格蘭島的人都以為千面怪盜已經洗心革面，金盆洗手了呢，雖然邁克狐並不這麼認為，但他也因此覺得千面怪盜似乎並不是一個單純的壞人……

可是，為什麼現在千面怪盜要不遠千里

到伊洛拉群島去，難道泉水之國的寶物背後隱藏著什麼不為人知的祕密？

邁克狐的眼中閃爍出鬥志，他站起身來，對偵探助理啾颯說：「啾颯，快收拾行李，我們要到伊洛拉群島去！」

啾颯早就準備好了一切，只等揚帆起航：「啾啾啾！出發！」

然而，雖然收到郵件的邁克狐立刻和偵探助理啾颯預訂了前往伊洛拉群島的船票，計畫在文物展會開展的第一天就到達，卻沒想到半途的風暴阻擋了他們的步伐。

伊洛拉群島草原城明鏡湖畔貓爪便利店地下的貓爪怪探團基地內，雪莉貓和尼爾豹正因為一個消息而困擾不已。

尼爾豹說：「啊？你是說神探邁克狐在展會開始的那天趕不過來了？」

雪莉貓皺著眉點頭說道：「嗯，航線上出現風暴，預計明天才會消散，所有經過那一片海域的航船都得延期。」

也就是說，邁克狐到達伊洛拉群島的日期將會比預計的晚一天。

尼爾豹一拍桌子，兩眼放光：「別擔心，有我們貓爪怪探團出手，沒準第一天我們就抓到千面怪盜了呢！出發吧，去臨海城！」

尼爾豹決定，就由他先到臨海城去，會會這個千面怪盜。

就這樣，原本在兩個相隔千里的島上各自活躍的傳說級人物，即將為這個世界上演一場精彩的對決。

臨海城位於伊洛拉群島的最外圈，雖然它不是伊洛拉群島最大的城市，卻有著伊洛拉群島最大的港口，眾多流動人口和金錢交易讓這裡異常繁華，催生出豐富的娛樂產業和各種混亂的勢力。這裡是娛樂的天堂，也是罪惡的萌生之地，大家又稱其為——罪惡與狂歡之城。

為了融入臨海城的氛圍，尼爾豹穿上了一件綠色底的紅碎花襯衫，用髮膠把滿頭的毛髮梳向後面，看起來活脫脫就是一個來揮灑金錢的觀光客。

尼爾豹說：「雪莉貓，無論來幾次，我都覺得臨海城的空氣中散發著腐爛的味道……這種地方的人怎麼會對文物有興趣呢？」

雪莉貓回答道：「我也覺得奇怪，我拜託土撥鼠情報隊調查了一下駱駝老闆，他的生意好像也跟文物毫無關係……怎麼會忽然拍下這些來自泉水之國的文物，還要在臨海城這種地方展出呢？」

尼爾豹一邊和雪莉貓透過貓爪通訊器聊著，一邊踱著步來到了文物展會所在地。

「哇……」尼爾豹仰頭看著面前的建築，發出一聲驚嘆。

雪莉貓不明所以，問：「尼爾豹，怎麼了？」

尼爾豹感嘆道：「這個展館跟周圍可真是格格不入啊……」

出現在尼爾豹面前的，是一棟精美、潔白的建築，門口兩根高大的石柱支撐起弧形的拱門，看起來莊嚴又肅穆。而這棟建築的門口，則站著兩個戴著墨鏡的豹子保全，他們穿著黑西裝，負責對參觀者進行檢查。

這和旁邊燈紅酒綠的娛樂場所可以說是涇渭分明，

尼爾豹不由得看看自己身上的花襯衫，想著要不要換一身衣服再來。

就在這個時候，一陣吵鬧聲從展館門口傳來。

「咩，你就讓我進去看看吧，這可是泉水之國的文物啊！」

「滾一邊兒去，你沒資格看！」

臨海城的文物展館前，一隻老綿羊正佝僂著腰，對著一個穿著黑西裝的豹子保全苦苦哀求。

老綿羊身上穿著洗得泛白，甚至有些褪色的襯衫，肩背著一個鼓鼓囊囊的、破舊的包，他伸出手抓住豹子保全的袖子，問：

「我在電視上看到，說這個展會是對外開放的，怎麼現在又不讓人進去了呢咩？」

豹子保全猛的扯出自己的袖子，輕輕拍了拍，吹了吹，像是嫌棄什麼髒東西似的，然後用不可一世的語氣說：「這個展會是對尊貴的上流社會人士開放的，你這種穿得破破爛爛的傢伙，來看這些文物有什麼用？看上了也買不起啊！」

老綿羊情緒變得激動起來：「這些文物是屬於全世界的財產，是無價的，只有給大家研究，才能從中了解那些久遠的歷史！你這樣說是不對的咩！」

豹子保全不耐煩的一把推開往上湊的老綿羊：「你說這些有什麼用？錢才是最重要的東西，滾開滾開，別堵在門口不動影響別人！」

顫顫巍巍的老綿羊哪裡受得了豹子保全這一推，只見他身體失去平衡，直接往後一倒，在樓梯上滾了兩圈，摔到地上，驚起了一片灰塵。他臉上那鏡片比啤酒瓶底還要厚的眼鏡滑了下來，露出一副蒼老的面孔。

老綿羊的眼睛都紅了，他坐在地上，仰頭望著這個華麗的展館，憤恨的歎了口氣。

而這一切，都被附近的尼爾豹看得一清二楚。

尼爾豹說：「雪莉貓，你聽到了嗎？這個豹子保全真是太過分了！」

「有這麼囂張跋扈的保全，看來這個駱駝老闆也不是什麼好東西。我們倒是想得沒錯，他根本不是為了保護文物，而是為了賣出這些文物，總的來說，還是為了錢。」雪莉貓憤怒的聲音從貓爪通訊器裡傳來，「尼爾豹，你得去展館裡面看看。」

尼爾豹說：「沒問題！」

過了一會兒，一個光芒四射的身影出現在展館前。這是一頭穿著白色西裝的老虎，豹子保全老遠看見他，立馬眼前一亮，心裡忍不住想：「哇，這件西裝是這個季度的最新款，他手上戴的錶是昂貴的陶瓷錶，他的鞋子是……是駱駝老闆都沒能買到的全島限定款！有錢人來了！」

豹子保全馬上掛上一副笑臉，站直了身子，看著老虎越走越近，趕緊大聲喊道：「歡迎貴客！」

老虎走了過來，看了看展館大門，問：「泉水之國文物的展覽是在這裡嗎？看起來有些小啊……」

豹子保全滿臉堆笑：「小是小，但裡面件件都是精品，老闆要不要進去看看啊？」

老虎滿不在乎的說：「咳咳，那就進去看看吧。希望不要讓我失望。」

豹子保全搓著爪子，彎著腰指路：「這邊請，對了，不知道老闆怎麼稱呼？」

「就叫我壯先生吧，對了，」老虎壯先生看向旁邊，指著在樓梯下坐著的老綿羊說，「他是怎麼回事？」

「一個窮鬼還想進來看文物！您放心，我們展館安保工作做得非常好，有24小時雷射防衛系統、全鋼板地面，還有我這種厲害的安保人員，絕對不讓任何閒雜人等進入！」豹子保全轉過頭，露出一個凶狠的表情，「要不要我把他趕走？」

老虎壯先生瞅了瞅老綿羊，又看了看他厚厚的眼鏡片和他挎包裡露出一角的書籍，撇了撇嘴，大聲問：「喂，老綿羊，你知道這裡面是什麼嗎？」

老綿羊立刻站起來說道：「我當然知道，是很久以前消失的泉水之國神殿的文物，這些文物上的資訊，或許能證明泉水之國的傳說……」

老虎壯先生露出一副不耐煩的表情，趕緊打斷了老綿羊：「好好好，停停停，老綿羊，你就跟著我進來看看吧！」

「啊?!」豹子保全表情驚訝的說，「壯先生，這……」

老虎壯先生說：「這老綿羊懂，我不懂，要是裡面的東西是假的，那我不就當了冤大頭了？」

老虎壯先生的言下之意是自己對文物非常感興趣，如果是真的，就會出價購買！豹子保全一下子就高興起來，因為駱駝老闆說了，誰賣出了文物，誰就能分到獎金！

豹子保全二話沒說，立刻點頭：「好好好，一起進！一起進！」

老綿羊見自己有機會進入展館，趕緊跑到老虎壯先生的身邊，他們一起被豹子保全帶了進去。

走在展館裡，老虎壯先生一邊四處張望，一邊隨口問道：「剛剛說的泉水之國是什麼啊？」

「呃……反正都消失了，是什麼沒關係吧？」豹子保全不在意的回答。

老綿羊皺著眉想了想，然後說：「格蘭島的萊恩王室你們知道吧，他們已經傳了九十九代，是個歷史非常悠久的家族。然而泉水之國的歷史比萊恩王室還要早得多，在萊恩王室出現之前，泉水之國就已經消失了，現在學術界對這個國度並沒有實際的了解，只知道一個傳說……」

老虎壯先生問：「傳說？」

老綿羊點點頭，繼續說：「傳說泉水之

國有一處永不枯竭的泉水，只要用神泉之杯飲用泉水，身上所有的疾病都能被治癒，從而延年益壽，長生不老。」

老虎壯先生連連搖頭：「這不是在瞎扯嗎？要是真有這樣的效果，這個國家還會消失嗎？」

老綿羊若有所思的點點頭：「這只是一個傳說，但這次可是泉水之國的東西第一次出現，要是我們能夠好好研究，就能知道關於泉水之國的真相了……」

一路說著，他們幾個終於來到了展館的主展廳。

圓形的展廳裡擺著一圈大理石做的展台，每一個展台上都擺放著一個玻璃罩子，裡面則是動物的雕塑。這些石頭雕刻出的雕塑精美萬分，它們還保留著遠古時期動物們的一些面部特徵，飛揚的鬃毛和獠牙看起來栩栩如生。

老虎壯先生撇著嘴問：「這些雕塑怎麼只有腦袋？」

「因為他們是被盜寶賊賣到這兒來的。」老綿羊憤恨的聲音傳來，「盜寶賊粗暴的闖入遺址，完全不在乎這些珍寶真正的歷史價值，他們只把值錢的東西帶出來賣掉。這些雕塑太大了，帶不走，就被敲下了腦袋……」

「這個老綿羊是真的好熱愛這些文物啊……」老虎壯先生這樣想著，將目光看向老綿羊。老綿羊此刻正站在展廳正中間，直直的看著那個並沒有被玻璃罩住，而是被一圈欄杆圍起來的展品。

那是個杯子，一個像籃球一樣大的杯子。杯子在燈光下散發著金色的光芒，它的四周鑲嵌著綠色的寶石，寶石和寶石之間雕刻著繁複的流水花紋。這應該就是傳說中的神泉之杯了。

像是為了體現出神泉之杯的特殊性，它被單獨安置在一個水池的中央，潺潺的流水從展台的上方流下來，發出淅淅瀝瀝的聲音。神泉之杯就靜靜的立在展台上，反射出也許是來自幾千年前的光暈。

老綿羊屏住呼吸，伸長了脖子想要離神泉之杯更近一些，他嘴裡念叨著：「杯子……杯子上有銘文……寫的是什麼？」

「幹什麼，幹什麼！」豹子保全看見老綿羊半個身子都探過了警戒線，趕緊一把把他扯開，「要是弄壞了一點，賣了你你也賠不起！」

「杯子上刻了銘文！」老綿羊坐在地上激動的說。

「什麼明文、暗文的，聽不懂！總之，你不能再靠近了！」眼見豹子保全舉起拳頭，老綿羊也不敢再說什麼。老虎壯先生趕緊過來，扶起老綿羊，順便問了幾個問題。

過了一會兒，老虎壯先生對著豹子保全說：「你們這個拍賣會什麼時候開始？」

豹子保全眼見有望賣出文物，立刻眉開眼笑道：「壯先生果然識貨，展會結束的那天會舉辦拍賣會，到時候可別忘了提我的名字啊！我叫豹豹有錢！」

「這保全的名字也太奇怪了吧！」老虎

壯先生心裡這樣想著，但他還是點點頭說：「好說好說，豹……豹……豹子保全！」

然後，老虎壯先生就和老綿羊一起離開了展館，離開的時候老綿羊還有些意猶未盡，可豹子保全卻不允許他再待下去了。

在展館外面，老綿羊歎了口氣說：「唉，這些這麼好的東西，一旦被私藏，就很難再被大家看到了。研究還怎麼做下去啊……總之，還是感謝你，再見了。」

他說著，似乎是非常不滿的看了一眼老虎壯先生，然後跛著腳離開了。

臨海城的一個旅店房間裡，老虎壯先生卸下偽裝——原來是尼爾豹！

尼爾豹說：「雪莉貓，我剛剛看清楚了，除了雷射防衛系統和全鋼板地面之外，這個展館內部還有三道防護柵欄，一旦觸發機關，唯一的通道口就會落下柵欄。另外，展館裡還有監控攝影機，應該還有一個監控室。這老闆可是花了大價錢弄了這套監控設備啊……」

雪莉貓的聲音傳來：「看起來天衣無縫的展館，你覺得能擋得住千面怪盜嗎？」

尼爾豹皺了皺眉，畢竟傳聞每次和千面怪盜交手之前，大家都以為自己的布置天衣無縫。

雪莉貓敲打著鍵盤，看著螢幕上的資料說：「儘管這個展館安裝了這麼多防盜裝置，但在千面怪盜面前應該都不堪一擊。根據資料統計，千面怪盜一般會假扮成另一個人混進目標地點再行動……」

「聽起來怎麼跟我們差不多啊？」尼爾豹忍不住說。

雪莉貓愣了一下，繼續說：「畢竟他是怪盜，我們是怪探……感覺確實差不多……別打岔！所以你得進入展館的監控室，仔細盯著每一個進入展廳的人。別擔心，我透過貓爪怪探團的郵件聯繫了駱駝老闆，你直接穿上行李裡的第二套衣服就可以進去了。」

經過一番裝扮，一隻皮毛黑得發亮的黑豹走出了旅館，徑直走向文物展館。雪莉貓說得沒錯，一看到他，豹子保全就趕緊把他帶到了監控室。

「你就是駱駝老闆請來的黑豹兄弟吧！你可終於來了。駱駝老闆說你身上有非常重要的任務，這裡就交給你了！」豹子保全說完，就趕緊跑回展館門口，用自己銳利的目光掃視著靠近的每一個遊客。

尼爾豹有些得意：「這豹子保全完全沒

認出我嘛，哈哈！」

雪莉貓毫不留情的說：「要是這都被認出了，你就得回來重新學習變裝技巧了，還當什麼月光幻影啊！好啦，認真看監控吧！」

黑豹模樣的尼爾豹揉了揉鼻子，眼睛轉向面前那一排巨大的螢幕。

駱駝老闆確實在展館的安保系統上下了大功夫，這幾十平方公尺的展廳裡竟然安裝了十幾個監控攝影機，不僅在展廳的四面八方安裝了監控攝影機，甚至每一個展品都有自己的監控視窗。

尼爾豹伸了伸懶腰，眼神變得銳利起來，他凝視著監控螢幕，心裡隱隱有些雀躍：「千面怪盜，無論你變成什麼樣子，以什麼方式來，我月光幻影都不會讓你得逞！」

怪盜和怪探的對決，現在就要開始了！

3

怪盜和怪探的對決

然而，這一天剩下的時間裡並沒有多少人進入展館。尼爾豹在監控前看了一天都沒發現什麼可疑人物。夜幕降臨，展館即將關閉。

尼爾豹說：「畢竟今天是第一天，看來千面怪盜不會來了。閉館之後這個展館就像一個鐵桶，連隻蒼蠅也飛不進來。」

雪莉貓提醒道：「月光幻影，不到最後一秒不要鬆懈。」

「知道了，祕密小姐！哎，等等！」尼爾豹猛的睜大眼睛，因為他分明看到，一隻白色的狐狸進來之後，朝監控攝影機看了一眼。那狐狸的爪子動了一下，就有什麼東西從他的袖口飛了出來，迅速的貼到監控攝影機上，然後監控室中神泉之杯的監控畫面就此全黑了。

「是千面怪盜！他扮成一隻狐狸進來了！」尼爾豹一邊說，一邊按下旁邊的緊急按鈕，整個展館的防盜系統頓時全部啟動！與此同時，監控室的地板出現一道暗門，尼爾豹跳入暗門，直接落到了千面怪盜的面前。

警報聲響徹整個展館，尼爾豹卻發現除了已經啟動的雷射防衛系統之外，本該在此刻蜂擁而來的安保人員一個都沒出現。

像是看穿了他的疑惑，千面怪盜對這隻從天而降的黑色豹子說：「你是在找那些保全嗎？他們不會來了。」

尼爾豹問：「你把他們怎麼了?!」

千面怪盜聳了聳肩。「我只是對他們說——」下一秒，千面怪盜口中居然發出了豹子保全的聲音，「兄弟們下班了！老闆請我們去酒吧放鬆放鬆！」

尼爾豹頓時明白了，千面怪盜扮成了豹子保全的模樣，在展館外面就把安保隊伍引走了！至於真正的豹子保全，現在應該在某個地方睡覺吧！

尼爾豹擺開架勢：「就算只有我自己，我也要阻止你！」

迴蕩著警報聲和流水聲的文物展館中，

一隻身著保全服的黑色豹子正和一隻狐狸對峙著。當然這只是他們的表面身分，這隻狐狸是傳說中的千面怪盜，而那隻黑色豹子，則是貓爪怪探團的月光幻影。

怪探和怪盜的對決就在此刻正式開始。

千面怪盜的時間並不充裕，雖然他把展館的保全全都引到了其他地方，但那些保全在到達酒吧之後就會發現並沒有什麼老闆請客的事。保全們也因此會察覺到不對勁，趕回展館。

因此，千面怪盜腳下用力，橡膠鞋底在地板上滑動，發出一陣巨大的摩擦聲。他猛的朝展館中央的水池衝去，月光幻影在他做出動作的一瞬間伸出爪子，阻擋在千面怪盜面前。

月光幻影喊道：「你的目標果然是神泉之杯！」

千面怪盜可沒有放棄，他輕巧的閃開，目標仍然是水池中央那靜靜立在展台上的華麗的神泉之杯。

兩個動作敏捷的身影就在展廳的水池中交起手來，他們你一拳我一腳，你追我擋，但他們都儘量減小了自己的動作幅度，生怕破壞到周圍的文物。

展館內，月光幻影和千面怪盜正交著手，而遠在基地的雪莉貓卻從通訊器裡聽出了一些不對勁的地方。

雪莉貓問：「月光幻影，你們那邊的水聲怎麼越來越大了？」

水聲！

忙著和千面怪盜打鬥的尼爾豹這才發現，他身上基本已經濕透了，難怪動作會變得有些遲鈍。可是在水池裡打架，身上當然會被弄濕啊。

尼爾豹愣了一下，環顧四周，這才發現整個展廳地上竟然都覆蓋了一層積水，幾乎沒過腳背了！

水池被千面怪盜動了手腳！不知道他用了什麼方式，讓水池的出水口大量出水，以至於水池裡的水都溢了出來！

尼爾豹猛的抬頭看向站在一旁的千面怪盜，對方也跟他一樣被水弄濕，然而水並沒有滲進他的衣服裡，反而在他衣服的表面匯成一股水流，緩緩流向地面。

千面怪盜嘲諷的說：「月光幻影，你可真遲鈍，還需要別人來提醒才能察覺到問題。」

尼爾豹一驚，問：「你知道我是誰？」

千面怪盜撇撇嘴：「既然我要到伊洛拉

群島來，怎麼能不做好調查呢？你們貓爪怪探團的名字，可傳得到處都是！」

尼爾豹沒有在意千面怪盜的話，他觀察著流水裝置裡忽然加大的水流，看著地面的積水小聲的對著通訊器說：「這個流水裝置該不會是被我們打架給打壞了吧……」

雪莉貓的語氣有些緊張：「不可能，這一定是千面怪盜搗的鬼，他一定在玩什麼花樣。月光幻影，你要小心！」

像是剛結束中場休息似的，千面怪盜忽然又有了動作，尼爾豹下意識的擋在神泉之杯的前面，卻驚覺千面怪盜朝另一邊飛速跑去，掀起一陣水花。

然後只見千面怪盜飛起一腳，踢壞了一個東西。

尼爾豹瞪大了眼睛，那個正迸發著電火花的，是展廳的一個電源裝置！

尼爾豹只覺得一陣麻意襲來，

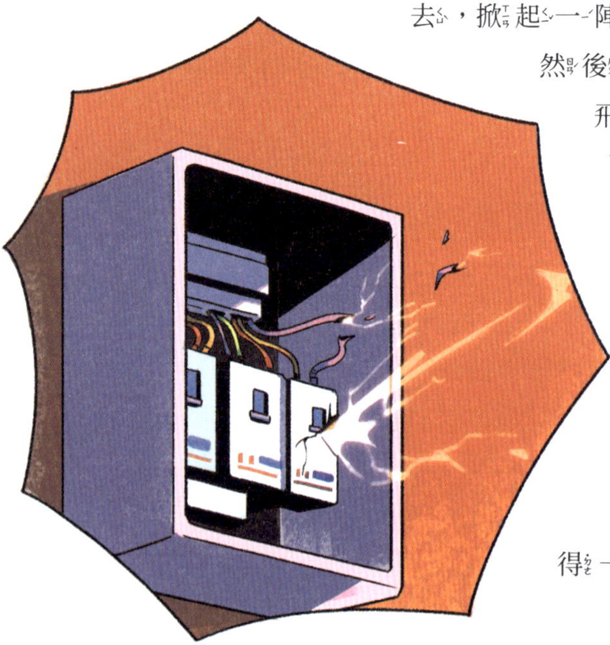

頓時渾身肌肉緊繃不受控制，還沒能做出任何動作，他就砰的倒在地上，濺起了一大片水花。

千面怪盜故意讓地面積水，讓尼爾豹身上濕透，就是為了利用水導電的性能，讓尼爾豹觸電倒地！

尼爾豹這才明白，千面怪盜腳上這雙略顯笨重的橡膠厚底鞋和防水的衣服，都是為了防止觸電準備的。

又過了幾秒，整個展館因為短路而陷入停電狀態。展廳裡燈光熄滅，流水裝置也不再流水。一片黑暗中，只有緊急出口標誌的綠光幽幽的亮著，水面上倒映出綠色的光點。

儘管尼爾豹努力想從地上站起來，但觸電帶來的麻痺感讓他一動也不能動。

「嘻嘻，月光幻影，神泉之杯我就收下啦！」千面怪盜走向神泉之杯，伸手的時候卻愣了一下。

展館外傳來一陣嘈雜的腳步聲：「快來快來！千面怪盜來了！我們一定不能放跑他！」

是豹子保全帶著安保隊伍來了！

駱駝老闆在修建這個展館的時候，為了安全起見，整個場館一扇窗戶也沒有，唯一的進出口只有大門。

因此，豹子保全和其他安保隊伍的成員覺得，只要他們死死的堵在門口，千面怪盜就算是變成了一隻飛蟲，也飛不出他們的手掌心。

認為萬無一失的豹子保全看著倒在地上的尼爾豹，有些不屑的說：「哼，虧你還是老闆找來的得力助手，還不是被千面怪盜輕輕鬆鬆打倒在地。」

豹子保全嘿嘿一笑，又說：「多虧了我及時趕到，這次算立了大功，一定能漲工資的！」

面對這樣的包圍，千面怪盜的臉上仍然掛著笑容，他手裡拿著神泉之杯，一步一步往大門方向走去。

「還想走？小弟們，上！」豹子保全身邊的保全們剛動了一下，就嚇得停下了腳步。

千面怪盜竟然把神泉之杯當作盾牌擋在自己面前！這可讓保全們一下子不敢動了，把千面怪盜放跑了還好，畢竟是所有人的責任。但要是有誰不小心弄壞了這麼珍貴的東西，誰就遭殃啦！

就這樣，千面怪盜舉著神泉之杯一步一步往前走，可是保全們肯定不會讓千面怪盜就這麼帶著杯子離開，他們在展館的大門口堵著，自己不動手，但也絕不讓千面怪盜逃出去。

這時，千面怪盜做出了令所有人震驚的舉動。

他竟然高高的舉起手臂，然後猛的將手裡的神泉之杯扔向另一個方向！

「啊！杯子！」

「啊啊啊，接住啊接住！」

「千萬不能碎啊！」

所有保全的目光都集中在空中飛翔的神泉之杯上，他們爭先恐後的撲過去，想要接住杯子。圍在大門口的隊伍自然而然就出現了一個缺口！

「下次見啦，月光幻影！哦對了，你們下次做假貨的時候，可要再仔細一點喲！」說完，千面怪盜朝門外跑去。

那麼被扔飛的神泉之杯呢？

保全們只能眼睜睜的看著神泉之杯狠狠的掉落在地上，儘管地面有積水，但杯子還是碎了。

豹子保全跪倒在碎片面前，喃喃自語：「完了，都完了……杯子怎麼碎了……可惡……我得賠多少錢啊?!」

就在他痛哭流涕的時候，一個保全小弟疑惑的說：「哎，老大，這不是石膏嗎？」

豹子保全揉揉眼睛，這才發現：「啊？這個杯子，是個石膏做的假杯子?!」

他抬頭想找黑豹保全問個明白，可是展館裡哪裡還有黑豹保全的身影啊！

原來，尼爾豹在千面怪盜扔出杯子的時候已經恢復了一些行動能力，他根本不在乎那個在空中飛舞的假杯子，而是一瘸一拐的追著千面怪盜跑了出去。

千面怪盜在奔跑中脫下了外套，露出了本來的怪盜魔術服。在月光之下，一個巨大的千紙鶴翩然而至，千面怪盜輕鬆的跳到千紙鶴上，乘著風飛遠了。

濕漉漉的尼爾豹知道自己和千面怪盜的

第一次交鋒就這麼失敗了，他咬牙切齒，跺了跺腳回到旅店。有些狼狽的他躺在床上滾來滾去，最後還是憤怒的喊出了聲：「啊啊啊啊啊！怎麼可能！怎麼可能呢！千面怪盜怎麼會知道那個杯子是假的！」

尼爾豹不甘心的哀嚎聲透過貓爪通訊器傳到雪莉貓的耳朵裡，她也非常不甘心，畢竟這一切都是她安排好的，然而千面怪盜竟然如此輕鬆的從她的計畫中逃脫了。這簡直就是對祕密小姐能力的挑釁！

「尼爾豹，你等著，明天下午我就到臨海城了！」雪莉貓頓了一下，補充道，「當然，是和邁克狐一起。」

4

神探邁克狐登場

第二天下午，尼爾豹站在臨海城的碼頭，伸長了脖子望著前方，沒過多久，一陣快艇乘風破浪的聲音傳了過來。

在臨海城這樣豪華奢靡的地方，一艘快艇沒什麼好在意的。但是從這艘快艇上下來的人，卻引起了周圍遊客的竊竊私語。黃狗遊客拉著黑狗遊客的爪子，激動的說：「你看那邊，那隻狐狸的衣服！」

從快艇上下來的，是一隻身披帶格紋風衣、戴著格子貝雷帽和金絲眼鏡、有著純白毛皮的狐狸。

黑狗遊客一看，按捺住心中的激動，分析道：「穿成這樣……難道……不，萬一是故意偽裝成這樣的呢?!」

緊接著，一隻圓滾滾的、戴著同款格子貝雷帽的啾啾從快艇上蹦了下來。

黃狗遊客更激動了：「還有一隻啾啾！他一定就是電視上說的那個——」

黑狗遊客按住黃狗遊客：「不對不對，萬一他們是一起偽裝的呢！」

兩雙狗眼都死死的盯著快艇上下來的狐狸和啾啾，想要確認他們的身分。這時，最後從快艇上下來的一隻優雅高貴的獰貓徹底打消了他們心中的疑慮。

黃狗遊客一蹦三尺高，喊著：「是海麗斯集團的雪莉貓小姐！我聽說她也是克里特特國際學院畢業的，是邁克狐的學妹！也就是說，也就是說——」

「他們就是大名鼎鼎的神探邁克狐和偵探助理啾颯！」

邁克狐萬萬沒想到，托著名小說家弗拉拉女士的福，他的名聲已經傳到了千里之外的伊洛拉群島！他和啾颯剛下快艇，就被聞風而來的遊客們圍了個水泄不通，連雪莉貓都被擠到了一邊。大家都想親眼看看這個在故事中屢破奇案、機智萬分的神探長什麼樣子！

邁克狐忙說：「大家冷靜一下，麻煩讓一讓，讓一讓——」

「啾……啾……我的錢包啾！」在推擠中，矮矮胖胖的啾颯被擠過來又擠過去，他只感覺有什麼東西碰到了他的小挎包，可是他卻被擠得無法動彈。

就在這時，一個高大帥氣的身影撥開遊客們圍成的人牆，同時一把抓住了一隻黃鼠狼的爪子。

「你幹什麼?!」黃鼠狼叫道。

「這位先生，收好你的爪子，不要把它伸到別人的包裡。」

啾颯定睛一看，一隻黃鼠狼正抓著自己的錢包！他猛的跳起來，把自己的錢包搶回來，放進小挎包裡，然後仰起頭說：「謝謝你啾！小偷，可惡啾！」

那隻幫助他的雪豹露出一個燦爛笑容，旁邊的邁克狐看了一眼看戲狀態的雪莉貓，然後說：「謝謝你，尼爾豹。」

由於貓爪怪探團的保密原則，雪莉貓並沒有告訴邁克狐他們就是貓爪怪探團的成員，只是說他們對千面怪盜感興趣，自告奮勇要和邁克狐一起抓住千面怪盜。

在旅店裡，尼爾豹詳細的把昨天發生的一切都告訴了他們。

啾颯有些緊張的說：「啾，千面怪盜沒有得手，會再回來的啾！」

雪莉貓倒是有點不解：「可是千面怪盜怎麼看了一眼就知道那個杯子是假的呢？這可是昨天尼爾豹到了展館，用微型相機全方位拍照之後，將照片發給多古力大師加急趕製再換上去的呢！」

「多古力雖然、可能、也許還是有那麼一丁點兒的靠不住……但我並不覺得千面怪盜是靠外觀看出這個杯子是假的。」作為多古力的大學室友，邁克狐還是很信任他的發明的。說完，邁克狐站起身來，拿起外套，朝門外走去：「走吧，我們去展館看看。」

展館地面的積水已經被打掃乾淨，真正的神泉之杯被擺回到展台上，完全看不出來昨晚這裡發生了什麼。

雪莉貓憑藉駱駝老闆的指令一路暢通無阻，豹子保全熱情的將他們接到監控室，笑著說：「就拜託各位了！駱駝老闆昨天找來的那個黑豹保全，我以為多厲害呢，結果一點用都沒有，三兩下就被千面怪盜打倒在地，多虧了我……」

尼爾豹臉色一黑，趕緊說：「豹子保全，你還是快去別處看著吧，別漏了哪個大老闆！」

豹子保全一聽，趕緊跑了。

邁克狐沒有在意這些小插曲，徑直打開昨天的監控紀錄，查看著每一個靠近過展台的人。

很快，他看到了昨天裝扮成老虎壯先生

的尼爾豹，還有老綿羊進來的畫面，這一對貧窮與富有的奇特搭配引起了邁克狐的注意。

邁克狐一動不動的看著監控螢幕，螢幕的光芒映在他的眼鏡上。忽然，邁克狐看到老綿羊靠近神泉之杯的動作，一下子按下了暫停鍵。

「難道是……」邁克狐起身跑向展廳，尼爾豹和雪莉貓雖然不明所以，但他們也趕緊跟在邁克狐的身後。

只見邁克狐來到神泉之杯的展台邊，站在昨天老綿羊的位置上將身體前傾。

豹子保全見了，趕緊過來：「這位先生，就算你是駱駝老闆請來的，也別碰這個杯子啊！」

邁克狐沒理他，豹子保全想要上手阻止，卻被雪莉貓和尼爾豹抓住了爪子。

豹子保全喊道：「你們幹什麼？要是弄壞了這個杯子，賣了你們也賠不起，嗚嗚……」

為了不讓豹子保全的噪音打擾到神探邁克狐，尼爾豹一把捂住了豹子保全的嘴巴，讓他不能再囉唆。

而另一邊，認真觀察的邁克狐並沒有在意這些，他銳利的目光透過金絲眼鏡的鏡片落在這個獨立的展台上。接著，他掏出一個小小的紫光燈，照射展台的邊緣。

紫光下，一片螢光出現在展台和神泉之杯上。

邁克狐笑了一下，說：「任何罪惡都逃不過我的眼睛。我明白了，千面怪盜根本不是靠自己分辨出神泉之杯的真假的。」

尼爾豹和雪莉貓異口同聲道：「啊？」

啾颯也驚訝的叫了出來：「啾！」

豹子保全：「嗚嗚嗚嗚……」

邁克狐指著螢光解釋道：「昨天那隻和老虎壯先生一起來的老綿羊，其實是千面怪盜假扮的！」

尼爾豹大吃一驚：「啊?!什麼?!」

豹子保全：「嗚嗚嗚嗚……」

邁克狐繼續說：「我在監控錄影裡注意到，老綿羊趁老虎壯先生和豹子保全交談的時候，靠近杯子，那時候他就做了手腳，將螢光劑撒在了杯子和展台上。因為他的動作太快太隱蔽，所以大家都沒發現。昨天夜裡因為漏電短路，展廳一片黑暗。千面怪盜就是在那個時候發現，神泉之杯上沒有螢光……」

「然後他就知道這個杯子是假的！但是

保全們十分緊張，因此千面怪盜斷定保全們不知道杯子被調換過，所以才把杯子扔開，轉移注意力！」雪莉貓驚呼。

尼爾豹恍然大悟：「原來我昨天看到的那些光點，不只是緊急出口標誌在水面的反光啊……這千面怪盜也太可惡了！」

「不過這次多虧你們謹慎。千面怪盜沒有成功偷走神泉之杯，他一定還會再來。」忽然，邁克狐抬頭看著尼爾豹，感嘆道，「尼爾豹，看了監控我才發現，你的身手和化妝技術居然跟千面怪盜不相上下！我可以問問，你在成為便利店店員之前是做什麼工作的嗎？」

豹子保全：「嗚嗚嗚嗚——」

面對邁克狐的好奇和探究，尼爾豹結巴了一下，緊張的說：「我……我……我……我是雜技團魔術師手下打雜的小弟！對，我們搞雜技魔術的，身手和化妝技術好是一定要的，對不對啊，雪莉貓？」

雪莉貓連忙點頭：「對對對！」

「啊，如果有機會，希望能看到你的魔術表演。」邁克狐微笑了一下，繼續分析，「也許千面怪盜這次不是單人作案。那個老虎壯先生可能是他的同夥……是故意來轉移豹子保全的注意力的。」

尼爾豹和雪莉貓對視一眼，沒想到尼爾豹的偽裝反倒為千面怪盜做了掩護。

豹子保全：「嗚嗚嗚嗚——」

啾颯驚聲尖叫：「豹子保全！豹子保全暈了啾！」

尼爾豹和雪莉貓只覺得手上一沉，兩人往中間一看，天哪，豹子保全還被尼爾豹死死的摀著嘴巴，現在已經因為呼吸不暢，暈過去啦！

祕密小姐的電台時間

第12集：考古與盜墓的區別

各位委託人，歡迎來到祕密小姐的電台時間。

大家知道考古與盜墓的區別嗎？有些人認為，都是從古代的遺跡裡找出文物，考古和盜墓根本沒有區別。其實這種想法大錯特錯。考古工作者們在艱苦的環境中工作，用柔軟的刷子和小小的鑷子仔細的找出每一件塵封在地底的文物，再把它們好好的運送到溫度、溼度都適合保存它們的博物館裡。這一切都是為了能夠從文物中讀出背後的歷史故事。之後這些文物還會向公眾展出，到時候所有的人都能看到這些來自古代的珍寶，從中學習歷史。而盜墓賊呢，他們會用各種工具破壞遺跡，將文物據為己有，這些流落的文物要麼因為不恰當的保存和運輸方式被破壞，要麼被賣給私人收藏，甚至流落到國外。無論哪一種，公眾都不能再看到這些珍貴的文物，歷史學家也不能借此研究歷史了。所以，盜墓行為是自私的、犯法的，大家千萬不能學習喲！

5

再探神泉之杯

儘管千面怪盜的第一次行動沒能得手，但無論是貓爪怪探團還是邁克狐都知道，只要神泉之杯還在展出，那千面怪盜就仍然有行動的機會。

因此，尼爾豹此刻還是在展廳裡警戒著。讓他有些不習慣的是，這次他沒有做任何喬裝打扮。尼爾豹悄悄問雪莉貓：「雪莉貓，為什麼這次我不用扮成其他人？要是我月光幻影的身分暴露了怎麼辦？」

雪莉貓是這樣回答的：「我以合夥人的身分投資了駱駝老闆的這次展出，你的身分只是我派過來的警衛罷了。畢竟前一天的黑豹保全太靠不住了……」

尼爾豹尷尬的咳嗽了幾聲：「咳咳……」

此刻尼爾豹靠在展廳的牆上，眼看著豹子保全積極的將一個又一個有錢人帶進展廳參觀。

「老闆再見！老闆走好！老闆記住我叫豹豹有錢！」又送走了一個參觀的遊客，豹子保全露出一個滿意的笑容，「等過幾天展會結束，拍賣會開始，杯子賣出去，我就會有很多獎金了，嘿嘿……」

看見豹子保全那副眼裡只有錢的樣子，尼爾豹走上前，抓住豹子保全的一張大臉，使勁揉搓起來！

「哎喲！尼爾豹，你捏我臉幹什麼！」豹子保全掙脫開來，捂著自己被蹂躪的臉頰說，「我這如花似玉的小臉蛋被你揉壞了可怎麼辦！」

尼爾豹壞笑著說：「例行檢查！畢竟千面怪盜的變裝技巧這麼厲害，要是忽然化妝成你混進來了怎麼辦？」

「好哇，你居然懷疑我，那我也要檢查檢查你！」說罷，豹子保全馬上朝尼爾豹伸出了爪子。

在尼爾豹和豹子保全打鬧的時候，雪莉貓與邁克狐他們在做什麼呢？

臨海城的一個度假酒店裡，雪莉貓已經包下一整層作為臨時基地。此刻，他們正圍在堆滿甜點的桌子前商量著什麼。

邁克狐將一顆塗滿巧克力奶油的櫻桃扔進嘴裡，細細的品嘗著這酸酸甜甜的滋味。可他的眼睛卻一動不動的看著那張千面怪盜的預告函。

泉水之國的泉水早已乾枯，
泉水之國的寶物卻遭流散。
波濤之外的來客會將它們帶走，
去往真正的故鄉。

忽然，邁克狐說：「雖然根據預告函的說法，千面怪盜的目標像是所有泉水之國的文物，但是從他那天的行動來看，他的目標只有一個，那就是神泉之杯。」

尼爾豹透過貓爪通訊器聽到了邁克狐的分析，雙手抱胸，很是贊同的說：「對，現在回想起來，千面怪盜當時起碼能帶走一些放在展台上的寶石，可他眼裡只有神泉之杯。」

雪莉貓點點頭：「確實，知道神泉之杯是假的之後，他就立刻離開了，連看都沒有看其他的文物一眼。」

啾颯若有所思的望著邁克狐說：「啾，目的啾！千面怪盜偷東西，送回來啾！是不是有目的啾！」

邁克狐眼前一亮：「啾颯，你說得對！一直以來，我們都以為千面怪盜是對珠寶、文物有興趣，但是前段時間他把所有偷走的珠寶物歸原主，文物都送到了博物館裡。這說明他並不想將這些東西據為己有……而是有什麼目的！那這樣看來，他千里迢迢到伊洛拉群島來，說明神泉之杯上有他關注的東西。」

邁克狐站起身來，拿起掛在衣架上的風衣，戴上貝雷帽，而啾颯呢，也興致勃勃的跳下椅子跟在邁克狐身邊。

邁克狐說道：「走，我們一起再去看看那個杯子！」

啾颯點了點頭：「啾！」

走到門口，啾颯有些疑惑的轉身，看著仍然坐在原地吃小蛋糕的雪莉貓，問：「啾，雪莉貓小姐，不和我們一起嗎啾？」

雪莉貓露出一個神祕的笑容：「你們先去吧，我要在這裡等一個人。」

為了避免之前在碼頭上的混亂情況再次發生，一向喜歡乘坐公共交通工具的邁克狐和啾颯一出酒店，就坐上了計程車。

計程車上，啾颯望著窗外急速閃過的一棟棟富麗堂皇的建築，忽然說：「啾，雪莉貓，尼爾豹，奇怪啾！不簡單啾！」

邁克狐輕鬆的回答：「你也發現了啊，啾颯。」

聽邁克狐這樣說，啾颯一下子緊張起來：「啾，會不會有危險啾？」

啾颯擔憂的看著邁克狐，畢竟伊洛拉群島離格蘭島實在是太遠了，而且伊洛拉群島本身的治安水準又那麼糟糕，要是真遇到了什麼危險，他和邁克狐可就麻煩了。

然而邁克狐連眉頭都沒有皺一下。儘管無論是從雪莉貓對情報的掌握程度，還是從尼爾豹矯健的身手以及高超的變裝技巧來看，他們倆都不是表面上看起來那麼簡單，但是邁克狐能確定，他們是真的想抓住千面怪盜，保護神泉之杯。

「啾颯，別擔心，每個人都有自己的祕密。我相信他們不會傷害我們。」邁克狐摸摸啾颯的腦袋，「畢竟他們是多古力的朋友啊！」

多古力可是邁克狐大學時候的室友，是邁克狐非常信任的發明大師！啾颯想到這裡，一下子安心了。

過了一會兒，計程車在駱駝老闆的文物展館門口緩緩停下。門口的豹子保全一看有人來了，趕緊整理了自己的毛髮，滿臉笑容的迎上來。結果一隻圓滾滾的啾啾從車上跳了下來，他的臉一下子就垮了下來。

「嘖，原來是你們啊……」已經見過啾颯和邁克狐的豹子保全知道他們不是客人，頓時興致全無。

啾颯朝豹子保全做了個鬼臉，跟著邁克狐一起走進展廳。

展廳早就被恢復成一開始的樣子，真正的神泉之杯被放置在流水池的正中央。一束模仿洞窟光線的燈光從頂部打下來，給神泉之杯鍍上了一層金色的光暈。

邁克狐、啾颯和尼爾豹一起站在流水池外，前傾著身子細細的觀察著這個杯子，想要從中找出千面怪盜的目的。

閃爍的寶石、金屬的杯身、繁複的花紋，這一切構成了這個不知道經歷了多少歲月的美麗文物。可是這些對於見識廣博的千

面怪盜來說，究竟有什麼特殊的吸引力呢？

時間一點一點的過去，整個展廳裡迴蕩著的只有流水與呼吸的聲音，安靜極了。

啾颯仰著腦袋圍著神泉之杯緩慢的轉著圈，不放過一絲線索。流水池的水面反射著燈光，在神泉之杯上映出一片片流動的光斑。在這光影之間，啾颯忽然發現：「啾！杯子上有一圈字啾！」

聽了這話，邁克狐和尼爾豹趕緊蹲下來，和啾颯處於同一個高度。

啾颯說：「啾，在那裡！」

順著啾颯翅膀指的方向看過去，他們發現在神泉之杯凸起的杯口邊緣的下面，竟然刻著一圈小字！

邁克狐驚喜的說：「是銘文！啾颯，真是多虧了你！」

尼爾豹恍然大悟：「對，之前那個老綿羊，呸，千面怪盜也提到了杯子上的銘文！」

邁克狐蹲在地上，用啾颯遞給他的紙和筆，一邊用放大鏡觀察，一邊將銘文都謄抄在筆記本上面。過了好一會兒，邁克狐停下了筆。

尼爾豹和啾颯湊過來一看，然後互相對視了一眼。

尼爾豹問：「啾颯，你看得懂這些字嗎？」

啾颯說：「啾，看不懂啾，這是字嗎啾？」

紙上的這一行銘文，在他們眼前就像是一團歪歪扭扭的毛線球，根本讀不出內容。

啾颯看著邁克狐沉著冷靜的側臉，心中一下子充滿了崇拜。

啾颯叫道：「啾，邁克狐，好厲害，這都能看懂啾！」

尼爾豹也說：「哇，不愧是神探邁克狐！這上面說的是什麼啊？」

「呃……」邁克狐停頓了一下，說，「其

實，我也看不懂。」

看到尼爾豹和啾颯一臉呆滯，邁克狐趕忙轉移話題：「咳咳，總之我和啾颯先把銘文帶回去想辦法解讀，就麻煩尼爾豹你繼續在這裡守衛了。」

6

一個詛咒

在臨海城的臨時基地裡，送走了邁克狐和啾颯的雪莉貓很快就迎來了自己要等的對象。

房門打開，一隻浣熊吃力的推著一個裝著巨大包裹的手推車擠進了房間。眼見著這個小山一樣的包裹發生了傾斜，雪莉貓趕緊衝上去扶住包裹。終於，包裹被安全的運送進來，浣熊和雪莉貓同時鬆了一口氣。

雪莉貓說：「呼，多古力大師，你都拿了些什麼東西來啊？」

原來，這隻浣熊就是著名的發明大師，也是神探邁克狐的大學室友——多古力！

多古力揉揉自己痠痛的手臂，說：「嘿嘿，當然都是按照你的計畫做的準備！」

多古力將包裹打開，把裡面的東西一件一件拿出來，很快整個屋子都被擺滿了。最後他拿出兩套新的制服，將它們抖開。

雪莉貓問：「這個制服有什麼不一樣的地方嗎？」

只見多古力臉上露出一個得意揚揚的笑容，他邊展示著手裡的制服邊說：「自從知道了尼爾豹和千面怪盜交手的過程，我就發現之前的制服設計只注重了帥氣和附加功能，卻忽略了制服的基本性能！於是我回去加班趕工，用上了我最新研究的複合型纖維材料，總的來說，就是防水、絕緣、防火，還防刀劃！」

多古力抖動著手裡那件有著貓爪怪探團圖案的月光幻影的制服，侃侃而談：「另外，衣服上的貓爪圖案還配置了定位系統，只要在有訊號的地方，就能知道尼爾豹的行蹤，怎麼樣？厲害吧……」

雪莉貓一邊聽著多古力的介紹，一邊拿起自己的新制服，研究上面的新設計。房間裡的兩個人誰都沒發現外面逐漸逼近的腳步聲，隨著開門聲響起，邁克狐和啾颯竟然回來了！

「我們找到突破口了！」邁克狐興奮的喊，卻發現原本整潔的房間現在滿地都堆著東西，難以下腳。

這熟悉的混亂感覺，是……

邁克狐一抬眼就看到了房間裡舉著衣服的多古力！

他大叫道：「多古力，好久不見！」

「邁克狐，好久不見啊，你變得更帥了嘛！」多古力興奮極了，扔下衣服，三步並作兩步跑到邁克狐面前。兩個人來了一個大大的擁抱，然後碰了碰拳。邁克狐打量著許久未見的朋友，雖然多古力已經成了遠近聞名的發明大師，原本的吊帶褲換成了研究服，但是隨身攜帶的扳手仍然證明了他對發明的熱愛。

邁克狐正準備問多古力帶了些什麼來，就聽見啾颯說：「啾，衣服好帥啾！貓爪圖案好帥啾！」

多古力和雪莉貓這才慌張的發現，啾颯不知道什麼時候已經跑到了兩件制服面前！

一瞬間，雪莉貓的大腦急速的轉了起來：「天哪，不知道啾颯和邁克狐知不知道貓爪怪探團的事情，我好像一直忘記問了！萬一他們知道這是貓爪怪探團的標誌怎麼辦？我要怎麼解釋我們有貓爪怪探團的制服？難道要告訴邁克狐我們就是貓爪怪探團嗎？雖然邁克狐非常值得信任，但是我們的身分原則上只有團內的人才能知道……」

雪莉貓求救似的看向多古力，希望這位學長能想出個辦法讓他們蒙混過去。

多古力看了看啾颯，又看了看邁克狐，再看了看制服，然後大叫一聲：「我肚子痛！先去上廁所了！」

說完，多古力就一溜煙衝向廁所，砰的關上了廁所門。

啾颯滿臉疑惑：「啾……？」

雪莉貓呆在原地：「呃……多古力大師可能是吃壞肚子了，哈哈……這個衣服上面的貓爪圖案最近……在伊洛拉群島比較流行，哈哈……」

啾颯歪歪腦袋，看著那個帥氣的貓爪圖案，有些心動：「啾，我也想買一件啾！」

邁克狐看了一眼制服，走過來揉揉啾颯的腦袋說：「好了啾颯，先別管衣服了，我們有正經事要做。」

隨後他拿出那張謄抄著銘文的紙說：「雪莉貓，你有辦法看懂這上面的字嗎？這是神泉之杯上的銘文。」

「銘文？」雪莉貓眼睛一亮，「文物上雕刻的銘文一般都是製作者們想要傳遞的資訊，有了銘文就好辦了！」

然而，當雪莉貓看到銘文的時候，她也傻了眼：「邁克狐學長，這真的是字嗎？」

怎麼看都是一團歪歪扭扭的毛線球嘛！

這可就難辦了，要是不能破解銘文的意思，那就算他們得到了銘文也毫無作用。邁克狐一手托著下巴，開始思考，在腦海裡翻找著有關泉水之國的資訊。

他下意識的從口袋裡摸出一根棒棒糖

塞進嘴裡，讓糖分開啟自己的大腦。

「在此之前，我從來沒聽說過什麼泉水之國的事情……」雪莉貓一邊說，一邊打開電腦查詢起泉水之國，可是網頁上也只有寥寥數語的描述，全都是駱駝老闆發布的展會廣告，「我們對泉水之國的了解全部來源於這個展廳……」

「不！」邁克狐忽然說，「還有千面怪盜，他扮成老綿羊給尼爾豹講了一個關於長生不老的故事！他是從哪裡知道這個故事的？」

神祕的遺跡，少有人知道的傳說，邁克狐一下子想到一本書，一本很有可能記載了這些事情的書。

邁克狐問：「雪莉貓，你能找到一本叫作《世界奇奇怪怪島嶼大全》的書嗎？是一位叫作尼婭的探險家寫的！」

雪莉貓知道邁克狐有了頭緒，她快速敲打著鍵盤：「我這裡雖然沒有，但是我知道有人一定有！」

點擊發送鍵之後，雪莉貓靠在椅背上自信的說：「好了，現在讓我們靜靜的等一會兒吧！」

邁克狐和啾颯對視了一眼，不知道雪莉貓在賣什麼關子。

過了沒一會兒，一陣敲門聲傳來。啾颯跑去開門，只見一隻穿著工裝的土撥鼠站在門口，手裡拿著一本厚重的書。

土撥鼠說：「雪莉貓小姐，土撥鼠情報隊竭誠為您服務！這是您需要的《世界奇奇怪怪島嶼大全》，請查收！」

啾颯驚訝極了：「啾，好快啾！」

土撥鼠得意的說：「土撥鼠行動守則第二條，土撥鼠的情報，絕對及時！」

說完，這隻土撥鼠就一溜煙跑開了。

啾颯拿著這本厚重的書來到邁克狐面

前，邁克狐眼前一亮，這果然就是那本《世界奇奇怪怪島嶼大全》！

邁克狐快速的翻起這本又大又厚的書，雪莉貓和啾颯也好奇的湊了上來。

邁克狐一邊翻書，一邊說道：「尼婭是一個探險家，而她的丈夫普尼特是一位考古學家，尼婭將她和丈夫出去探險考察過的偏僻島嶼、歷史遺跡都記載到了這本書上。當然，為了保護這些地方，她從來不會寫出具體的位置。不過我相信，如果只有一本書記載過泉水之國，那就一定是這一本！」

啾颯搔了搔頭：「尼婭……普尼特啾？好熟悉啾……」

邁克狐點點頭：「他們就是艾琳娜娜失蹤的父母。找到了，這上面果然有泉水之國的記載！」

難怪邁克狐之前對泉水之國毫無記憶，因為就算是在這本書上，泉水之國也只占了一點點篇幅。尼婭在書上簡單的介紹了泉水之國的神殿，還有壁畫上的關於包治百病的泉水的傳說。讓他們驚喜的是，尼婭竟然將神泉之杯上的銘文謄抄在了書上，並且給出了自己的翻譯。

邁克狐他們終於知道了那行毛線球一

般的文字的含義：「瘋狂會找上那些沒有飲用泉水的異類。」

雪莉貓帶著一絲不可置信的語氣說：「瘋狂會找上那些沒有飲用泉水的異類……意思就是……沒有飲用泉水的人都會變得瘋狂嗎？這句話聽上去，就像是……就像是……」

邁克狐接道：「就像是一個詛咒。」

如果說，喝了神泉之杯中的泉水就能治癒所有疾病是一個美好的傳說，那麼，這杯上的銘文就像是一句詛咒。

邁克狐眉頭緊鎖，不由得思考起來：「泉水之國的消失跟這句詛咒有沒有什麼關聯呢？千面怪盜究竟是出於什麼目的才想要得到神泉之杯？」

無論如何，在他們眼中，神泉之杯已經被籠罩上一層陰暗的色彩。一個陰謀的漩渦已經跨越了時空，將大家都捲入其中。

「無論如何，如果這神泉之杯真的是不祥之物，有危險的話，就更不能被千面怪盜給偷走了。」雪莉貓對著廁所喊了一聲，「多古力大師，可以出來了，我們來談一談下一步的行動計畫！」

啾颯看著一臉自信的雪莉貓，問：「行動計畫啾？」

雪莉貓眼睛一亮，又尖又長的耳朵抖動著，她拉上窗簾，關掉燈，讓整個房間暗了下來。然後她敲擊鍵盤，牆上出現了一幅投影。

那居然是整個展館的設計圖。

「在千面怪盜第一次行動失敗之後，駱駝老闆又增加了文物展館的保全，再加上這麼多天過去了，千面怪盜都沒有再次行動，於是我推測，整個展出期間，千面怪盜都不會再來了。」雪莉貓按了一下鍵盤，投影上的畫面變成了另一棟建築，「一旦神泉之杯被不可控的買家買走，就很有可能會成為私人藏品，千面怪盜就更加難以下手。因此，千面怪盜最後的機會，就是拍賣會的時候！」

啾颯揮舞著翅膀提出建議：「啾，拍賣會現場，化妝啾！戒嚴啾！」

雪莉貓搖搖頭：「啾颯，你不知道，會在臨海城參加這種拍賣會的，都是些飛揚跋扈的惡霸、富商，要讓他們來配合戒嚴檢查，可真是天方夜譚。當天恐怕連搜身讓大家放下危險物品都不可能。」

啾颯有些氣餒的低下頭。

「不過嘛……」雪莉貓眼睛裡閃爍出狡黠的光輝，「我有了一個絕妙的計畫。我們只要舉辦一個專門為千面怪盜準備的拍賣會，就可以等他自投羅網了！」

多古力拍拍胸脯：「這個時候，就要我登場了！」

牆上的投影切換成了一張內部設計圖，雖然啾颯一點也看不明白，但多古力立刻激情四射的介紹起來：「雪莉貓已經找駱駝老闆要到了整個拍賣會現場的平面圖，我會在裡面進行改造，將每一扇門都變成可以由我控制的閘門。同時，這個拍賣會上除了原本會來參加的惡霸、富商們，還會有雪莉貓安排的演員。他們身上都配備了我最新研發的武器系統，一定可以抓住千面怪盜的。」

邁克狐提出疑問：「雖然這個假設很不符合千面怪盜的風格，但是我還是想問一句，要是千面怪盜不在拍賣會上動手，而是選擇直接對拍下神泉之杯的客人動手呢？」

雪莉貓笑了一下：「針對這個情況，我已經做好了因應方案。那就是當天我會不惜一切代價，拍下神泉之杯。」

啾颯愣在原地：「啾，這……這就是有錢貓嗎啾？好乾脆……」

被雪莉貓身上散發出的那股金錢之力震撼到的邁克狐將視線看向多古力，他正整理自己那丟了一地的發明。

儘管已經認識了這麼多年，但邁克狐看到多古力的發明，還是有一種靠不住的感覺。他不禁在心中祈禱：「希望……一切都能如我們想像中順利吧。」

7

拍賣會陷阱

時間一天天過去，雪莉貓的推測一點也沒錯，直到展會結束，千面怪盜都沒有再出現過。也就是說，今天晚上舉行的拍賣會是他最後的機會。

一棟華麗的小樓被駱駝老闆整個包了下來，作為拍賣會現場。隨著夜色降臨，客人們陸陸續續到來，他們無一例外，全都穿著精美華麗的禮服，佩戴著閃閃發光的珠寶、手錶。

豹子保全站在門口迎來送往，滿臉都是笑意，嘴裡一刻也不停：

「哎，斑馬老闆還記得我嗎？我是接待過您的豹豹有錢啊！」

「哎喲，老虎夫人今天還是一樣的美麗動

人啊！豹豹有錢竭誠為您服務！」

豹子保全滿意的看到，之前來參觀過的富商都出現在了拍賣會現場，而且還有些沒見過的生面孔出現。

他美滋滋的想：「雖然沒見過，不過這些人肯定很有錢就是了，我得趕緊上去打招呼，萬一他們拍下東西，報上我的名字呢？這樣我就有更多獎金了！」

正想著，一隻衣著華貴的獰貓和她的保鏢一起進入會場，豹子保全趕緊迎上去問：「美麗的小姐，您好，我是……」

雪莉貓回道：「豹豹有錢嘛，又見面啦！」

豹子保全這才發現，這隻獰貓就是雪莉貓，而她身邊的保鏢則是尼爾豹！跟在他們後面的，則是邁克狐和啾颯。

豹子保全一下子就泄了氣：「什麼嘛，原來是你們啊。還是來抓千面怪盜的嗎？我覺得吧，沒有必要了吧，千面怪盜一定不敢再來了！」

雪莉貓露出一個神祕的微笑：「誰說我是來抓千面怪盜的？豹子保全，也許你不知道，我的全名是雪莉·海麗斯。」

說完，雪莉貓就帶著其他人徑直越過豹子保全，進入了拍賣會現場。

「豹子保全，豹子保全，你怎麼站在這兒大張著嘴巴一動不動啊？快回過神來！」有人喊道。

豹子保全這才回過神來：「她……她……她居然是那個超級有錢的草原城獰貓家族的大小姐！這……這……這……我真是有眼不識泰山啊！」

進入拍賣會大廳，雪莉貓等人便分散開來。啾颯立刻被這燈紅酒綠的現場弄得頭暈眼花。空氣中彌漫著食物、香水、化妝品、酒精和菸草的氣息。人們聚在一起高聲交談，嘈雜的聲音甚至將現場樂隊演奏的音樂聲都蓋住了。

邁克狐歎了口氣，這根本不像是文物拍賣會的現場，反倒像是一個展示各自財富和權力的名利場。

「邁克狐學長，這就是伊洛拉群島，這就是臨海城……跟格蘭島很不一樣吧。」雪莉貓有些落寞的聲音從通訊器裡傳來，「但其實，伊洛拉群島也有很美麗的一面……」

邁克狐抬頭看了看雪莉貓，她已經被人群團團圍住，大家都想跟這位海麗斯小姐寒暄幾句。

尼爾豹則在一旁沉默不語，扮演著一個

保鏢。

「海麗斯小姐無論在哪裡都是焦點不是嗎？」這時，一個穿著連衣裙的灰狼小姐端著飲料走了過來，感嘆的說，「臨海城的人只嚮往玩樂、權力和金錢，卻看不到更加重要的東西。比如……神探邁克狐。」

「啾，你認識邁克狐？」啾颯問。

灰狼小姐露出一個優雅甜美的微笑：「哈哈，穿著帶格紋風衣、戴著金絲眼鏡的白色狐狸，身邊還有你這麼一隻可愛的啾啾，這當然是傳說中的神探邁克狐啊！你們好，你們可以叫我灰狼小姐，我是來這個拍賣會見世面的。」

說完，灰狼小姐就端著杯子走到雪莉貓身邊，加入了談話。

啾颯說：「啾，原來是雪莉貓的朋友呀啾！」

邁克狐已經習慣被人隨時隨地認出來了，所以他沒有在意這段插曲，而是端起一盤甜點，一邊吃，一邊用銳利的眼光掃視著現場。

燈光暗下去，舞台升起來，一件件珍寶被陸續推上來——拍賣會正式開始了。

「尊敬的各位來賓，女士們、先生們，來自泉水之國的寶物如今重見天日，等待各位有緣人將它們帶走！」華麗的大廳舞台上，穿著黑絲絨西裝的猴子主持人激情四射的主持著拍賣會，「話不多說，讓我們來看第一件寶貝，來自泉水之國的神像頭！」

服務生推著一個被紅絲絨布覆蓋的手推車走上了舞台，猴子主持人一把掀開絲絨布，所有的燈光都打到絲絨布下的玻璃罩上，將裡面的文物照得清清楚楚。

邁克狐看到那是一個精美的鹿頭雕塑，雕塑應該是石頭做的，但是鹿的眼睛和鹿角上都鑲嵌著耀眼的寶石，在燈光下散發出璀璨的光澤。

鹿的頸部看起來凹凸不平，啾颯有些疑惑，悄悄問道：「啾，鹿頭，奇怪啾，難道是被砸下來的？」

邁克狐懷著沉重的心情點點頭：「這批文物應該都是

那些盜寶賊偷出來的，他們會把完整的雕塑砸掉，只帶走最值錢的頭部……唉……」

啾颯生氣極了：「啾！太過分了！」

與邁克狐他們低落的情緒相反的是，現場的氣氛一下子火熱起來，大家爭相出價，想要將寶物收入囊中。

隨著拍賣會的進行，一件件寶物被賣出，最後一件寶物終於被推上了舞台。

「傳說中，用神泉之杯飲用神奇的泉水，就可以消除所有疾病，延年益壽，長生不老！」猴子主持人浮誇的語氣引起了所有人的注意，「就算傳說不是真的，但接下來這件寶貝，也是最值得收藏的，那就是——」

猴子主持人一把掀開紅色絲絨布，神泉之杯出現在大家的眼前，引起了一陣熱烈的討論：

「是神泉之杯！」

「我今天一定要拍到它！」

儘管在場的人都對神泉之杯志在必得，但是隨後的發展卻讓所有人都始料未及。

「500萬！」

「550萬！」

「600萬！」

「650萬！」

…………

雪莉貓和灰狼小姐圍繞神泉之杯展開了激烈的競拍，價格一路飆升，最後已經變成了她們倆之間的價格戰。

所有人都目瞪口呆的看著這兩個大小姐的競爭，尼爾豹更是被她們二人口中的數字嚇昏了頭：「這個杯子怎麼這麼值錢！乾脆我把這個杯子偷走算了，這樣就能還清我欠雪莉貓的錢，還能有剩餘……」

在尼爾豹胡思亂想的時候，灰狼小姐大手一揮：「1000萬！」

灰狼小姐朝雪莉貓眨眨眼睛，嬌滴滴的說：「雪莉貓，你就讓給我吧，我是真的真的很喜歡這個杯子！你要是也很喜歡，可以到我家裡來看嘛！」

「唉……反正我還有一個備用方案。」雪莉貓歎了口氣，沒想到現場竟然出現了灰狼小姐這麼執著的競拍者。雪莉貓怕再這樣下去會引起千面怪盜的警覺，於是決定放棄，準備啟動備用方案。

拍賣會結束，買家需要到旁邊的私密房間裡進行交易，一手交錢一手交貨，就可以拿到自己拍到的寶物。灰狼小姐拿到了自己花重金拍到的神泉之杯，正準備離開。

沒能拍到神泉之杯的雪莉貓留在大廳內，尼爾豹有些擔憂的問：「整場拍賣會千面怪盜都沒有動手，接下來我們是不是就要保護灰狼小姐了？」

邁克狐皺著眉頭，總覺得哪裡不對勁：「這場拍賣會還沒有結束……雪莉貓，你跟那個灰狼小姐很熟嗎？」

雪莉貓對這個問題感到很驚訝：「我根本沒見過這個灰狼小姐啊！」

可灰狼小姐的言行，分明透露出她和雪莉貓很熟的樣子！

邁克狐一下子想通了，灰狼小姐就是千面怪盜！

就在這時，交易的房間前面傳來一聲大叫：「啊！你們怎麼全都昏倒了！」

原來，裝扮成灰狼小姐的千面怪盜進入房間之後，打開了隨身攜帶的錢箱，但裡面並不是現金，而是準備好的迷煙，沒有防備的交易員們吸入迷煙，悄無聲息的昏倒了，而裝扮成灰狼小姐的千面怪盜則可以裝作交易完成，大搖大擺的拿著神泉之杯離開。

警報聲立刻響起，隱藏在人群中的警衛們迅速撲向千面怪盜。千面怪盜拿著裝有神泉之杯的匣子開始狂奔，他扔出煙幕彈，人們在煙霧中一下子驚慌失措起來，而千面怪盜則趁此機會消失得無影無蹤。

煙霧阻礙了警衛們，但這並不影響尼爾豹的行動。

雪莉貓指揮道：「千面怪盜正在向A4區域移動，尼爾豹，你從右邊的通風管進去，可以穿過廚房，更快到達A4區域。」

原來，雪莉貓早就在放置神泉之杯的匣子上安裝了追蹤器，這就是她的備用方案——如果千面怪盜真的帶走了神泉之杯，他們還可以透過追蹤器掌握他的下落。由於不知道千面怪盜會在什麼時候把神泉之杯取出來，將匣子丟掉，所以他們還是需要在第一時間抓住千面怪盜。

千面怪盜在煙霧的掩護之下打開了一扇房門，這裡是廚房和倉庫，倉庫的另一邊還有一扇門，直直通向後院。千面怪盜早已將自己的千紙鶴停在後院的樹叢中，只要離開這個倉庫，千面怪盜就能乘上千紙鶴，逃之夭夭。

然而，就在這時，一聲巨響，倉庫的通風口被踢開，尼爾豹從天而降。不過這個時候，他已經戴上了屬於月光幻影的面罩。

月光幻影說道：「維護正義也是一門藝

術，各位，歡迎來到貓爪怪探團的表演時間！」

看見從天而降、擋在自己面前的月光幻影，千面怪盜愣了一下，明白過來：「你們在神泉之杯上裝了追蹤器？」

月光幻影沒有回答，而是說：「千面怪盜，你已經逃不掉了，快把神泉之杯交出來，束手就擒吧！」

「怎麼可能！」說罷，千面怪盜迅速跑向倉庫後門，尼爾豹當然不會放過他，立刻衝了過去，兩個人就在倉庫裡交起手來。

「多古力大師，快把防盜閘門降下來，別讓他逃跑啊！」尼爾豹一邊交手，一邊透過通訊器對多古力說。

然而那邊卻傳來了意想不到的回答：「啊！我控制不了閘門了！」

雪莉貓問道：「怎麼回事?!尼爾豹，我們正在往倉庫跑，你一定要拖住千面怪盜。」

忽然，整棟房子開始劇烈震動起來。千面怪盜一個沒站穩，摔倒在地，裝著神泉之杯的匣子也落到地上。他想衝上去撿起來，卻又被尼爾豹纏住了。

雪莉貓突然發出一聲尖叫：「啊！」

邁克狐說：「頭……頭好暈，是迷煙……」

通訊器裡傳來同伴的聲音，尼爾豹覺得十分不對勁：「發生了什麼？雪莉貓！回答我！」

雪莉貓回應道：「不對勁……快跑……」

多古力大喊：「尼爾豹，你快跑！整棟房子的防禦系統已經不受我控制，催眠氣體現在已經開始彌漫，閘門也即將被放下，你快跑！」

多古力話音剛落，倉庫後門上的閘門就開始降落。

尼爾豹大喊一聲：「跑！」

千面怪盜知道事情緊急，也來不及撿回神泉之杯。他們一個翻滾，就從閘門的縫隙中鑽了出來。

轟隆一聲，閘門在他們身後降落，這棟由多古力親手改造的房子成了一個牢不可破的堡壘。

「雪莉貓，回答我！回答我！」尼爾豹對著通訊器喊道。

然而，並沒有人回答他。

「尼爾豹……這好像……是一個陷阱。」通訊器那邊，多古力有些遲疑的說，「邁克狐、雪莉貓和啾颯……被抓了……能做到這些的……只有……」

「只有這棟房子的主人，拍賣會和展會的發起者——駱駝老闆。」尼爾豹有些憤恨的說。

「掉進陷阱了嗎？月光幻影？」尼爾豹抬起頭，只見千面怪盜不知什麼時候已經換上了魔術服，一個巨大的白色千紙鶴正在千面怪盜身後的半空中盤旋。

「我需要杯子，你需要救出你的同伴，所以，要不要合作試試呢？」

說完，千面怪盜翻身跳到千紙鶴上，朝尼爾豹伸出了手。

寂靜的夜裡，烏雲遮蔽了天空，如果這時有人往天上瞧一瞧，可能會發現一架在夜色中時隱時現的千紙鶴滑翔機。

滑翔機上，尼爾豹看著千面怪盜，眼神中仍然充滿了戒備。雖然他答應和千面怪盜合作，但是對於眼前這個聲名遠揚的、傳說中的怪盜，尼爾豹不得不打起精神提防。他打量著面前穿著魔術師服裝、戴著面罩的千面怪盜，心裡想：「遮頭蓋臉的，一看就不是什麼好人……哎，不對，我現在也一樣遮住了臉啊！」

在千面怪盜眼中，面前的月光幻影臉色一會兒青一會兒紅，一會兒搖頭一會兒晃腦，看起來竟然有些滑稽。

「月光幻影，你怎麼了，剛剛撞到頭了嗎？」千面怪盜有些關心的問。

尼爾豹嚇得全身一抖，趕緊擺手：「沒有沒有……我只是在想接下來該怎麼辦。」

事情的發展讓所有人都始料未及，他們之前只顧著和對方爭奪神泉之杯，卻沒想到這背後竟然還隱藏著另一個敵人，現在邁克狐、雪莉貓和啾颯都被抓了。

千面怪盜說：「看得出來這棟房子的陷阱並不是你們貓爪怪探團安排的，那就只能是那個駱駝老闆搞的鬼。」

尼爾豹有些憤恨的點點頭，沒想到他和雪莉貓都被這個駱駝老闆愚弄了。

但是駱駝老闆這麼大費周章，目的是什麼呢？

尼爾豹一時想不明白，畢竟負責思考和制訂計畫的雪莉貓和邁克狐都被抓住了，現在尼爾豹能做的，就是儘快把他們救出來。

尼爾豹有些懷疑的問：「千面怪盜，你真的要和我合作嗎？我憑什麼相信你，要是你對邁克狐不利怎麼辦？」

千面怪盜聳聳肩：「你愛信不信。反正我的目標只有那個杯子，至於那個大神探怎麼樣，我才不關心呢！」

千面怪盜在夜風中眨眨眼：「有件事情你可要搞清楚，我對邁克狐從來都沒有敵意，是他一直追著我跑喲！」

尼爾豹瞇著眼睛思考了一下，尾巴輕輕擺動著。根據流傳的故事，尼爾豹知道千面怪盜從來不會傷害別人，只對特定的寶物感興趣。而且，尼爾豹能從千面怪盜身上嗅出一絲同類的氣息。

「只憑我一個人，是救不出雪莉貓他們的。」尼爾豹這麼想著。

尼爾豹抬起頭說：「好，我相信你，我們先去基地裡商量一下吧。」

千面怪盜露出一個笑容，按照尼爾豹的指引飛往他們在臨海城的臨時基地。

「尼爾豹……你可算回來了！到底發生了什麼？」聽到開門的聲音，在電腦前忙活的多古力趕緊跑過來詢問情況，但在看到尼爾豹身後的身影時，他趕緊改了口，「是千面怪盜?!月光幻影，這是怎麼回事？」

多古力尾巴上的毛都豎了起來，他知道這可是邁克狐的老對頭。

千面怪盜舉起爪子揮了揮，友善的打了個招呼：「你好呀。」

尼爾豹說：「哎呀，多古力大師，沒事，現在千面怪盜不是我們的敵人。」

尼爾豹把剛剛發生的事情全告訴了多古力，多古力震驚的跳了起來：「什麼?!邁克狐、啾颯和雪莉貓都被抓了?!這可怎麼辦，怎麼辦呢……」

多古力焦急的在房間裡轉起了圈，尼爾豹趕緊按住他說：「多古力大師，我們會救出他們的，現在得先知道他們被關在哪裡！」

駱駝老闆肯定不會把邁克狐他們關在原地，應該會連夜轉移到其他的地方。尼爾豹他們只有知道邁克狐、雪莉貓和啾颯被關在了哪裡，才能制訂救援計畫。

多古力眼睛一亮說：「我有辦法！雪莉貓今天也換上了我準備的新制服，那上面也安裝了和你一樣的定位裝置。」

多古力意識到周圍還有一個千面怪盜，連忙補充說：「呃……鑑於雪莉貓女士為貓爪怪探團提供了很多資金……呃……這個制服是為了感謝她……」

千面怪盜笑了笑，用手指在嘴巴前比畫了一下，做了個拉拉鍊的動作，表示自己什麼都不會說。

「哎呀，多古力大師，你還是快查一下雪

莉貓的位置吧！」尼爾豹焦急的說。

多古力連忙跑到電腦前。然而，在對著鍵盤一陣敲打之後，多古力渾身都僵硬了。他轉過頭，用顫抖的聲音說：「我……我找不到雪莉貓的訊號……」

正當尼爾豹他們在臨時基地內想盡辦法尋找雪莉貓等人的下落時，一個漆黑的地下室裡正漸漸亮起燈光。

8

一線希望

「呃……這裡是……」邁克狐搖搖自己沉重的腦袋，視線逐漸清晰。他想要揉揉自己突突直跳的太陽穴，卻發現自己的雙手被反綁在身後，與椅子的靠背連在一起。

「啊！是陷阱！」

邁克狐這下完全清醒了，整個文物展出和拍賣會都是一個陷阱！邁克狐回想了一下昏倒前的狀況，月光幻影追著千面怪盜離開，當時在自己身邊的就只有雪莉貓和啾颯！

邁克狐努力抬起頭，環視四周，發現雪莉貓跟自己一樣被綁在不遠處的椅子上，而啾颯則被關在一個掛在牆上的籠子裡。

雪莉貓和啾颯都垂著腦袋，似乎還沒醒過來。

邁克狐的大腦開始飛速運轉：「多古力有提到那些閘門不受他的控制，而能夠突破多古力的技術，控制這個會場機關的，只有本來就是會場主人的駱駝老闆。看來這一切都是駱駝老闆設下的陷阱……可是他的目的是什麼呢？」

如果駱駝老闆的目的是抓住邁克狐，那他怎麼會在與格蘭島相隔千里的伊洛拉群島布置這個陷阱呢？

舉辦展覽、向貓爪怪探團發送委託信等一系列行動，看起來就像是在故意用展覽吸引什麼人似的。

「難道他們的目的是抓千面怪盜……可是這也不能解釋為什麼是在伊洛拉群島布置這個陷阱……啊，要是這個時候有一根棒棒糖就好了……」正當邁克狐坐在椅子上絞盡腦汁的時候，只聽地下室的門吱呀響了一聲，然後一個高大的身影逆著光出現在門口。

邁克狐說：「你終於出現了，駱駝老闆。」

「不愧是神探邁克狐……咳咳咳……」

駱駝老闆的手下按下開關，地下室的天花板正中央落下一束慘白的燈光，正好打在邁克狐的身上。

駱駝老闆拄著一根拐杖，緩慢的走到邁

克狐的面前。邁克狐注意到，他看起來老態龍鍾，臉上布滿了皺紋，佝僂著身子，背後的駝峰也不像其他駱駝一樣堅挺，而是乾癟的。儘管如此，駱駝老闆仍然努力的維持著自己威嚴的表情。他來到邁克狐面前站定，他的手下迅速搬來一張放著柔軟坐墊的豪華椅子。駱駝老闆坐下，開口說：「沒想到連神探邁克狐都對這個杯子感興趣……真是意外。」

意外？

也就是說，駱駝老闆針對的並不是邁克狐，而是所有對杯子感興趣的人！

邁克狐心想：「能讓駱駝老闆費這麼大心思布置一個陷阱，看來這個神泉之杯背後真的有什麼祕密。」

看著駱駝老闆

的樣子，邁克狐忽然明白了什麼，問道：「駱駝老闆，難道你也相信神泉之杯的傳說？」

讓邁克狐沒想到的是，聽了自己的話，駱駝老闆那渾濁的眼睛裡竟然冒出喜悅的光芒，他身體顫抖著說：「咳咳，你果然知道！用神泉之杯喝下神奇的泉水，就能治癒身體的疾病，獲得永恆的生命！」

邁克狐搖搖頭說：「沒想到你連這種話都會信。如果神泉之杯真的有這麼神奇的功效，那泉水之國又為什麼會毀滅呢？」

「咳咳咳咳！」駱駝老闆激動的想要反駁，卻發出了一陣嘶啞的咳嗽聲，「咳咳，你……你們這些凡夫俗子懂什麼？那是他們沒有找到辦法！而我，咳咳咳，馬上就要找到那個辦法了！」

邁克狐眉頭一皺，問：「什麼意思？」

「咳咳咳，這……這多虧了你，神探邁克狐。」駱駝老闆的話讓邁克狐震驚不已，看到邁克狐的表情，駱駝老闆大笑起來，「哈哈哈……咳咳咳……能讓聰明的神探邁克狐感到疑惑，這可真是我的榮幸。不過看起來，組織把你當作勁敵，只是因為你沒來伊洛拉群島罷了。」

組織，勁敵?!

邁克狐一下子警覺起來：「你是獠牙組織的人?!」

獠牙組織，一個神祕的邪惡組織，他們以收集某種令動物出現返祖現象的匣子為目標，做盡了壞事。自從知道了獠牙組織的存在，邁克狐就一直在和他們做鬥爭。但出乎邁克狐意料的是，獠牙組織的勢力竟然已經從格蘭島擴大，連伊-洛拉群島都有獠牙組織的人了！

駱駝老闆高傲的搖搖頭：「我和獠牙組織只是合作關係。我幫他們抓到那些對神泉之杯感興趣的人，而他們則會給我提供至關重要的泉水。咳咳咳咳！」

駱駝老闆說到一半，猛烈的咳嗽起來，看得出來，他的健康狀況已經差到了極限。

對於駱駝老闆來說，神泉之杯那個虛無縹緲的傳說，已經是他最後的希望了。

駱駝老闆說道：「只要等幾天後組織的人過來把你帶走，我就能得到泉水，用神泉之杯喝下泉水，就可以治癒我的疾病……咳咳咳……為了這個病……我找遍了所有的醫生，用盡了所有的辦法……咳咳咳……」

就在這時，房間的另一邊傳來雪莉貓的聲音。

「呃……這是哪裡……嗯？是誰把本小姐綁起來了?!」雪莉貓發出一聲尖叫。

「啊，駱駝老闆！」雪莉貓一臉驚慌的看著駱駝老闆，「你為什麼要把我們綁起來，我們不是來幫你保護神泉之杯的嗎?!」

誰知，駱駝老闆竟然說：「咳咳咳，雪莉貓小姐，你不要演了，你就是貓爪怪探團的成員吧！」

什麼貓爪怪探團，我一個好好的大小姐不當，去做什麼怪探？為了賺錢嗎？

雪莉貓一邊反駁著，一邊憤怒的挪動著身體，想要掙脫束縛，椅子在地面上磕碰摩擦，發出巨大的聲響。

駱駝老闆仍舊冷靜的說：「哦？如果你不是貓爪怪探團的成員，那為什麼會熱衷於幫我保護神泉之杯？要知道，我只向貓爪怪探團發布了委託……」

雪莉貓一臉錯愕的說：「啊？我是受邁克狐學長的委託，才要保護這個破杯子的！」

雪莉貓的表情看起來很無辜，可是邁克狐卻注意到雪莉貓的尾巴正緩慢的擺動著——這是心虛的表現。邁克狐一瞬間就知道了雪莉貓這麼說的原因，順著話接道：「是我接到了千面怪盜會對神泉之杯出手的消息，於是決定趕來。因為我對伊洛拉群島一無所知，所以只能拜託同一個學校的學妹——雪莉貓……」

邁克狐和雪莉貓在此之前從來沒有合作過，此時竟然配合得天衣無縫，駱駝老闆果然輕易的就相信了他們的話，臉色緩和下來。

雪莉貓露出不耐煩的表情說：「既然知道了，就趕緊把本小姐放了！我可是海麗斯集團的大小姐，也是唯一的繼承人，在你的拍賣會上失蹤了，你以為你脫得了干係，你以為我們獰貓家族會放過你嗎？」

駱駝老闆當然不想惹到海麗斯家族，可是他也不能在事成之前放掉雪莉貓。

駱駝老闆說：「咳咳咳，我當然不會對雪莉貓小姐做什麼，不過呢，現在還不能放了你。」

「那你也不能把我關在這個破地方！又髒又暗，椅子還這麼硬，是貓待的地方嗎？趕緊給我找一個五星級酒店，要真絲的枕頭、被子和乳膠床墊。還有，我餓了，我只吃酒店主廚做的飯。」

「真是一個嬌生慣養的大小姐……」駱駝老闆心裡想著，臉上卻露出笑容。

「好的好的，我馬上為你安排。」

過了一會兒，駱駝老闆的手下們就將雪莉貓帶走了，駱駝老闆站在門口，對邁克狐說：「咳咳咳咳，神探邁克狐，你就和你的啾啾助理一起，等著組織的人來吧。」

說完，門被狠狠的關上了，地下室又回歸了黑暗與寂靜。

黑暗的地下室裡，只剩下邁克狐和仍然在籠子中昏睡的啾颯。邁克狐推斷，駱駝老闆針對他的體形釋放的迷煙對於啾颯這種小體形的動物來說效果更加持久。

在寂靜的黑暗中，被反綁著手靠在椅背上的邁克狐，心中並沒有什麼驚慌的感覺。因為他看到雪莉貓離開的時候朝他眨了眨眼。他相信這個聰明的學妹已經有了自己的打算，他現在只需要靜下心來等待與思考：「獠牙組織……神泉之杯……他們的目的是什麼呢？」

忽然，他想起神泉之杯上刻著的銘文：「瘋狂會找上那些沒有飲用泉水的異類。」

邁克狐順著這個思路思考下去：「沒有飲用泉水的動物就會變得瘋狂，而被神祕匣子影響的動物也會變得瘋狂。這兩者之間會不會有什麼聯繫呢？可是如果按照匣子這個思路思考，那應該是飲用泉水之後會變得瘋狂才對……究竟是怎麼回事呢？」

正當邁克狐絞盡腦汁的時候，頭上的大籠子傳來一陣聲響。

「啾，啾……好暈啾……邁克狐！邁克狐啾！」

啾颯一睜開眼睛，就發現自己被關在一個大大的籠子裡，周圍一片漆黑。他記得自己跟著邁克狐一起追蹤千面怪盜，可拍賣大廳裡居然彌漫起一股煙霧，他只覺得四肢變得沉重，上下眼皮直打架，然後就完全失去了意識。

「啾，陷阱啾，邁克狐啾！啾啾啾！」

啾颯用自己的小翅膀捶打著籠子的柵欄，卻只是白費力氣。

這時，邁克狐的聲音從下方傳來：「啾颯，別著急，我就在你下方。」

「啾！」

啾颯驚喜的叫了一聲，毛茸茸的腦袋抵著柵欄努力往下看，真的看到了被綁在椅子上的邁克狐，他急切的問：「啾！邁克狐！沒事吧啾？」

邁克狐回答道：「啾颯，我沒事，你呢？」

啾颯說：「啾，頭暈暈，不過，沒事啾！」

啾颯摸摸自己的包，驚喜的發現：「啾，彈弓還在啾！我們出去啾！」

看來駱駝老闆是覺得啾颯小小一隻啾啾並不能掀起什麼風浪，甚至不覺得那把彈弓可以作為武器，所以沒有拿走。可是啾颯是一隻勇敢的、有著高超的打彈弓技巧的啾啾。他瞇起眼睛，拉開彈弓，嗖的一下，就在黑暗中擊中了捆住邁克狐爪子的繩子。

繩子斷開，邁克狐一直被反綁在身後的爪子終於能夠放下來。邁克狐甩動著自己發麻的手臂，朝啾颯笑了笑：「謝謝你啾颯！你打彈弓的技術越來越高超了。」

「啾，每天練習啾！邁克狐，我們出去啾！」啾颯說著就舉起彈弓，要打開籠子門上的鎖。

「啾颯，少安毋躁。」邁克狐阻止啾颯，「就算我們能離開這個地下室，我們也不知道外面還有多少守衛。只憑我們倆，是很難逃出去的。」

激動的啾颯像是泄了氣的皮球，一屁股坐下：「啾，怎麼辦呢啾……雪莉貓在哪裡啾？」

啾颯發現，當時和他們在一起的雪莉貓似乎不見了。

邁克狐露出一個笑容，從風衣的內袋裡小心的拿出一根棒棒糖放進嘴裡：「嗯……現在我們只要靜靜等待就行了。」

9

營救計畫

「你們快出去，這裡這麼高，本小姐跑不掉的。要是讓我不高興了，就是跟整個海麗斯集團作對，你們最好想清楚。」臨海城一座高聳入雲的五星級酒店頂層套房裡，雪莉貓滿臉不耐煩的將看著她的守衛趕出了房門。

「呼，終於出來了，這身衣服穿著可真不方便。」雪莉貓感嘆著將外面的禮服裙脫下，露出裡面的貓爪怪探團制服，「喂，喂，聽得到嗎？」

在一陣嘈雜的電流音過後，那個藏在雪莉貓尖尖耳朵裡的通訊器終於有了聲音：「雪莉貓！終於能聯繫上你了！你現在安全嗎？邁克狐和啾颯呢？我們剛剛聯繫不上你，你制服上的定位系統也失效了！」

多古力剛才驚喜的發現，螢幕上出現了代表雪莉貓位置的訊號，正當他追蹤的時候，雪莉貓就聯繫了他。

雪莉貓的聲音從通訊器中傳了出來，她將剛剛發生的事情說了一遍，然後感嘆道：「在地下室的時候我就發現通訊器沒有訊號，所以判斷地下室安裝了訊號屏蔽裝置，於是就想辦法從地下室出來了。」

駱駝老闆萬萬想不到，他眼中嬌生慣養、脾氣暴躁的大小姐，竟然真的是貓爪怪探團的智囊：祕密小姐。她表現出的一切，不過是想要麻痺駱駝老闆的計謀罷了。

多古力急切的問：「那邁克狐呢，他現在還在地下室裡嗎？他不會遇到危險吧？」

多古力一想到邁克狐被什麼邪惡組織抓走了，就緊張得不得了，生怕邁克狐有個三長兩短：「這個犯罪組織這麼窮凶極惡，我聽說有人專門剃掉動物的毛來做裝飾品，天哪，邁克狐可不能變成禿毛狐狸啊！」

雪莉貓連忙安撫多古力：「多古力大師，你別緊張，我裝睡的時候聽到了駱駝老闆和邁克狐學長的所有對話，駱駝老闆要把邁克狐學長交給一個叫獠牙的組織，這說明獠牙組織需要邁克狐學長做什麼。所以這期間邁克狐學長應該都是安全的，畢竟他可是駱駝老闆和獠牙組織交易的籌碼。」

基地裡，尼爾豹按住轉來轉去的多古力，說：「雪莉貓說得沒錯，我們現在要做的，就是在交易之前救出他們！」

聽了這些分析，多古力總算平靜下來：「還好還好，不過我們怎麼知道交易是什麼時候？」

雪莉貓說：「根據他們的對話，可以推斷出獠牙組織的人並不在伊洛拉群島，因為駱駝老闆說的是『等幾天後』。多古力大師，麻煩你查一下這幾天各地到伊洛拉群島的郵輪……」

看到查詢結果，尼爾豹不由得發出一聲驚呼：「由於海面上風暴反復，這幾天都沒有航班到伊洛拉群島，而最近的一班，得在後天早上了！」

雪莉貓說：「這可真是天助我也……我們有充足的時間可以救出邁克狐學長和啾颯。」

緊接著，雪莉貓就和尼爾豹一起制訂出了一個營救計畫，她靠在沙發上，看著玻璃窗外臨海城那奢華又混亂的景色，又看向關押邁克狐的方向，露出一個微笑：「駱駝老闆，既然你要利用貓爪怪探團，那就得付出代價。」

駱駝老闆沒想到，海麗斯集團的人來得這麼快。就在他抓住邁克狐的第二天晚上，駱駝老闆的豪宅門外就來了幾輛豪華轎車，一隻胖胖的獰貓從轎車上下來，高聲叫嚷道：「駱駝老闆呢，駱駝老闆快給我出來！」

而她的後面，還跟了一群土撥鼠小弟。

豪宅大門吱呀一聲打開，一隻身穿管家服的斑點狗連忙走出來，帶著笑容說：「你們好，我是這裡的斑點狗管家，現在已經夜深了，駱駝老闆到了睡覺的時間，請問你們……」

她面前這隻胖胖的獰貓一下子睜大了眼睛，非常憤怒的說：「睡覺！駱駝老闆還好意思睡覺?!整個海麗斯家族的貓都睡不著，他怎麼敢睡覺！」

胖獰貓背後的土撥鼠小弟們揮舞著拳頭，齊刷刷的說著：

「怎麼敢睡覺呢?!」

斑點狗管家背脊一陣發麻：「海……海麗斯家族？您……您是海麗斯家族的獰貓？不知道海麗斯家族找我們老闆有何貴幹？」

胖獰貓高高的仰起頭說：「就在昨天，我們海麗斯家族的繼承人雪莉貓小姐，參加了你們駱駝老闆舉辦的拍賣會，然後就失蹤了！我們調查到，拍賣會現場發生了事故！現在雪莉貓小姐杳無音信，不該來找你們嗎？快讓你們老闆出來！不然別怪我們不客氣！」

背後的土撥鼠小弟們齊聲說：「別怪我們不客氣！」

面對來勢洶洶的獰貓和土撥鼠們，斑點狗管家緊張得尾巴垂在身後一動也不敢動。她不知道說什麼，內心在瘋狂的吶喊：「怎麼辦，怎麼辦？我可惹不起海麗斯集團的人。可是要是在這個時間打擾駱駝老闆，我也一樣是死路一條，怎麼辦，怎麼辦?!」

就在斑點狗管家不知所措的時候，駱駝老闆穿著整齊的西裝，拄著拐杖緩緩走了出來。斑點狗管家趕緊迎上去說：「駱駝老闆，這些海麗斯集團的客人是來找您的……」

斑點狗管家扶著駱駝老闆走到趾高氣揚的胖獰貓面前。

駱駝老闆皺起眉頭，看著面前這些排列整齊的、有著海麗斯集團標誌的豪華轎車。他沒想到海麗斯集團的人這麼快就來了。

「咳咳咳……各位請少安毋躁。」駱駝老闆說，「昨天的拍賣會確實發生了一些意外，傳說中的千面怪盜到了現場，造成了混亂。」

胖獰貓捂住大嘴說：「啊！千面怪盜！」

駱駝老闆點點頭說：「咳咳咳，雪莉貓小姐受了一些驚嚇，為了表達歉意，我請雪莉貓小姐在臨海城最豪華的酒店裡休息一陣兒……」

胖獰貓臉上擔憂的表情緩和了下來，然後說：「不行，我得去見見雪莉貓小姐才能安心。駱駝老闆，想必你不會拒絕我這個合理的要求吧？」

駱駝老闆當然不能拒絕，這樣會引起不必要的懷疑。於是他帶上幾個保鏢，和海麗斯集團的人一起前往酒店。

海麗斯集團的車隊浩浩蕩蕩的來，又浩浩蕩蕩的離開，駱駝老闆的豪宅回歸平靜。然而，在斑駁樹影的掩護下，一個靈巧的身影從一棵大樹上跳下來，透過窗戶進入了豪宅。

這個身影當然就是尼爾豹。

尼爾豹悄聲說：「營救行動第一步，引開駱駝老闆，削弱防禦力量，潛入目標地點，成功！祕密小姐，邁克狐真的就被關在這棟豪宅裡嗎？」

雪莉貓回答道：「儘管駱駝老闆把我轉移到酒店的時候，開車在路上繞了很多圈，但只要目的地是確定的，我就能透過我行進的路線反推出起點。我很確定，起點就是駱駝老闆的家。邁克狐學長和啾颯現在就被關在這棟屋子的地下室裡。」

原來，這一切都是雪莉貓的計畫。

雪莉貓絕對不會把海麗斯家族捲入風險之中，因此這個來找駱駝老闆麻煩的胖獰貓，其實是千面怪盜假扮的。他們借此將駱駝老闆引開，尼爾豹好潛入他的豪宅，救出邁克狐和啾颯。

由於時間已經很晚，作為核心主導的駱駝老闆又帶著幾個保鏢走了，駱駝老闆的豪宅頓時陷入群龍無首的狀況，該睡覺的都睡覺了。尼爾豹因此很輕鬆的來到了雪莉貓所說的地下室。

多古力提醒道：「尼爾豹，你再往前走訊號就會被完全屏蔽，那裡應該就是關押邁克狐和啾颯的地方了，你一切小心啊！」

多古力的聲音從通訊器那邊傳來，尼爾豹往前看去，地下室的鐵門門口，一頭斑馬正站在那裡，嘴巴一張一合的，放肆的打著呼嚕。

「原來斑馬真的會站著睡覺啊……」尼爾豹感嘆道，「接下來就看我的吧！悄無聲息電光催眠彈！」

尼爾豹看準時機，在斑馬守衛嘴巴張開的瞬間將手中的軟彈丸發射出去，彈丸無聲無息的破開空氣，正好落在斑馬守衛的嘴巴裡。

這是多古力大師的新發明，一個小小的軟彈丸裡裝著濃縮過的催眠煙霧，無論什麼動物，只要吞下這個，就能很快陷入如昏迷般的深睡眠中。

尼爾豹在原地等了一會兒，忽然意識到：「斑馬守衛本來就睡著了，我怎麼判斷出他到底中招沒有呢?!」

就在這時，斑馬守衛腳下一軟，整個朝旁邊一歪，倒在地上。

斑馬守衛倒下的時候，發出了巨大的響聲，這引起了樓上人的注意。只聽斑點狗管家的聲音從上面傳了過來：「斑馬守衛，怎麼了？」

回答她的，只有斑馬守衛那像是雷鳴一樣的鼾聲。斑點狗管家從樓梯上探了探頭，看到斑馬守衛靠在地上呼呼大睡的身影，無奈的說：「唉，老闆一走就這麼放縱，等下駱駝老闆回來，又要生氣了！啊，很晚了，我還是去睡覺吧！」

隨著斑點狗管家的腳步聲逐漸消失，在樓梯正下方陰影裡，一個緊貼著牆壁的身影終於放鬆下來。

穿著一身漆黑夜行衣的尼爾豹鬆了口氣：「呼，嚇我一跳！」

尼爾豹豎起耳朵確認周圍暫時沒有人之後，便立刻來到熟睡的斑馬守衛身邊，摸到了他掛在腰上的鑰匙。

尼爾豹輕輕將地下室的門打開了一條縫，然後靈巧的鑽了進去。

一進去，他就看到邁克狐正被綁在地下室的椅子上，而啾颯則被關在一個大籠子裡。

邁克狐和啾颯的兩雙眼睛都狐疑的盯著從門口溜進來的身影。

這個身影把臉上蒙著的黑色面罩摘下來，露出一隻雪豹的臉：「是我，尼爾豹！」

啾颯驚喜的叫道：「啾啾啾！你來救我們了！」

一看是尼爾豹，邁克狐立刻放下了之前假裝被綁起來的爪子，他站起來走向尼爾豹，說：「雪莉貓果然聯繫上你們了。」

尼爾豹說：「對，現在千面怪盜把駱駝老闆他們引開了，我們快走吧！車就停在外面！」

「啾？千面怪盜？」啾颯驚訝的說。

「呃……千面怪盜的目的是拿到神泉之杯，而我的目的是救出你們，大家的敵人暫時都是駱駝老闆，於是我們合作了……嗯……」尼爾豹一邊說，一邊走向關著啾颯的籠子，仰著腦袋準備把啾颯解救出來。

這時，邁克狐卻搖搖頭說：「尼爾豹，我不準備離開。」

「啾？」

「啊？」

尼爾豹望向邁克狐，只見這位大神探悠閒的又坐回那把椅子，將背輕鬆的靠在椅背上，然後說：「我已經知道駱駝老闆的目的，他和獠牙組織合作無異於跳火坑，我想要阻止他。」

邁克狐推測，這神泉之杯恐怕與神祕的匣子有什麼關聯，才會引起獠牙組織的注意。他必須阻止這次交易。

啾颯急切的說：「啾，可是，邁克狐，危

險！啾！」

尼爾豹皺起眉頭，他也覺得將邁克狐留在這裡非常危險。雖然邁克狐頭腦十分聰明，但是運動神經卻不發達，身手也不怎麼厲害，要是讓他和啾颯留在這裡直面邪惡的組織，恐怕會非常危險。

尼爾豹問：「邁克狐，你真的要留在這裡嗎？」

邁克狐的眼神很堅定：「嗯，為了真相，我必須留在這裡。我相信你和雪莉貓，你們之後一定可以救出我的。」

看起來邁克狐心意已決，無論如何都不會離開了。

尼爾豹說：「好吧，那我走了……」

夜色中，一個穿著黑色夜行衣的身影在黑暗的掩護下，就像來的時候那樣，悄無聲息的離開了這座宅子，然後坐上不遠處的一輛轎車，飛馳而去。

而另一邊，雪莉貓所在的臨海城豪華大酒店裡，胖獰貓正對著雪莉貓一把鼻涕一把淚的說：「雪莉貓小姐，真的不和我們回去嗎？我們擔心得不得了啊！」

雪莉貓不耐煩的說：「難得有機會不和你們這群煩人的傢伙待在一起，我才不要這麼快回去呢！好了好了，你們快走吧，駱駝老闆身體不好，這麼晚了還在這裡陪我們熬夜，多不好。」

話都說到這份兒上了，胖獰貓只好帶著土撥鼠小弟們離開了酒店。

「好啦，駱駝老闆，我為了讓你安心，可是自願留在這裡被你關起來，這誠意還算足夠吧？可別忘了我們的合作喲！」

駱駝老闆點點頭：「咳咳咳，就委屈雪莉貓小姐在這裡將就一下，等事情結束，我們就可以展開進一步的商業合作了。相信這會讓海麗斯集團的收入更加可觀。」

雪莉貓好奇的問：「哦？那事情什麼時候結束呢？」

駱駝老闆笑得連眼角的皺紋裡都充滿了喜悅：「咳咳咳，明天……

明天一切就都會

有結果了。」

10

交易變故

烏雲匯聚在臨海城上空，就算現在是白天，這個城市也暗得跟夜晚一樣。閃電在雲層中時隱時現，滾滾的雷聲在天空中打著悶響。這些跡象都顯示著今天不是一個好天氣。

可這並不能影響駱駝老闆的好心情，因為獠牙組織的船在暴雨落下之前成功抵達了臨海城的港口。他們將帶著傳說中的泉水來和駱駝老闆交換邁克狐。

駱駝老闆感嘆道：「終於……咳咳咳，終於可以變成一頭健康的駱駝了……咳咳……」

駱駝老闆穿著整齊的西裝坐在大廳裡，雖然他的身體一天比一天差，但是今天，他卻感覺到渾身充滿從未有過的活力。

「駱駝老闆，你就這麼相信那個神泉之

杯能夠治好你的病嗎？」被捆得像粽子似的邁克狐和啾颯坐在大廳的沙發上面，邁克狐看到駱駝老闆臉上那抑制不住的笑容，忍不住的問。

駱駝老闆激動的回答：「你懂什麼，我得這個病已經太久太久了，我花了很多錢，找了很多醫生，走遍了各個島嶼，沒有一個人有辦法醫治。你懂那種明明什麼都不缺，但只能無能為力的看著自己一天一天虛弱衰老的感覺嗎？咳咳咳咳！」

由於太過激動，駱駝老闆劇烈的咳嗽起來，這聲音讓啾颯想起了冬天那些從窗戶縫裡吹進來的冷風。一旁的斑點狗管家連忙端上一杯熱茶，臉上滿是擔憂。

駱駝老闆喝了兩口茶，順了順氣，繼續說：「後來我到了格蘭島，遇到了獠牙組織的人……他們告訴了我這個辦法……我們達成交易，只要我找到神泉之杯，並且抓到那些對神泉之杯感興趣的人交給他們，他們就會把傳說中的泉水給我。」

啾颯說：「這你也信啾？」

駱駝老闆露出不屑的神情：「你們這些沒有見過奇蹟的人，總是不相信奇蹟的存在。但我見過，獠牙組織裡的人，給我展示了奇蹟……」

啾颯無奈的看著駱駝老闆，心想：「啾，什麼奇蹟，肯定都是獠牙組織做的實驗啾！」

經過這麼久的追查，啾颯早就知道，獠牙組織裡都是一些研究神祕的匣子，利用動物們來做實驗的瘋子。

邁克狐聽了這些，坐在那兒一言不發。

沒一會兒，暴雨傾盆而下，狂風席捲著雨水，砸得玻璃劈啪作響。就在這一片風雨中，大門轟然打開。

一頭又高又壯、臉上有刀疤的老虎一邊走進來，一邊抖動著身體，試圖將皮毛上附著的雨水抖掉。

他用像是被砂紙磨過喉嚨一般粗啞的聲音說：「駱駝老闆，聽說你設陷阱抓到了神探邁克狐？」

駱駝老闆點點頭，指了指一旁被五花大綁的邁克狐。刀疤老虎看過去，眼睛一亮。

他朝邁克狐走去，這引起了旁邊的啾颯的警覺：「啾，不會讓你得逞的啾！」

刀疤老虎完全不把這隻被綁起來的啾啾放在眼裡，他咧嘴一笑，露出滿嘴尖利的牙齒：「你這樣的啾啾，放在遠古時期，我一口能吃八隻！還想阻止我？」

啾颯生氣的想要反駁，卻找不到話說，只得啾啾兩聲：「啾……啾！」

刀疤老虎不管啾颯，伸手就要拎走邁克狐，一根拐杖卻橫在了他面前。

是駱駝老闆。

「刀疤老虎，我和你們組織說好的，我交人，你們交泉水，不要壞了交易的規矩。」

刀疤老虎一拍腦門說：「啊，不好意思，我就是一頭沒讀過書的老虎，不懂這些。來，給你。」

他從隨身背的背包裡掏出一個玻璃瓶，裡面裝著淡藍色的液體。駱駝老闆顫抖著手接過玻璃瓶，說：「終於……咳咳咳……終於……斑點狗管家，快把神泉之杯請過來！」

駱駝老闆豪宅的大廳裡，來自獠牙組織的刀疤老虎拿出的那瓶淡藍色的液體，正是泉水之國的泉水。傳說只要把泉水裝進神泉之杯裡，再把泉水喝下去，就能治癒身體上所有的疾病，長生不老。

斑點狗管家推著一個小而精美的推車走了過來，神泉之杯就這麼靜靜的躺在絲絨軟墊上，上面的寶石反射著光芒，那一行銘文卻仍舊隱藏在縫隙的黑暗之中。

駱駝老闆打開玻璃瓶，準備把裡面的液

體倒進杯子裡，可是當他的手即將觸碰到神泉之杯的時候，變故發生了！

只見站在一旁的斑點狗管家的爪子閃電一般的伸向神泉之杯，得手之後迅速的跳到一邊。

駱駝老闆驚呆了，他的手還停留在半空中：「咳咳咳，斑點狗管家，你在做什麼！」

一向膽小的斑點狗管家此刻竟然露出了一個燦爛而狡黠的微笑，接著口中傳出了不屬於斑點狗管家的聲音：「神泉之杯可不是什麼包治百病的東西，我這就收下啦！」

這根本不是斑點狗管家，而是假扮成斑點狗管家的千面怪盜！

千面怪盜的出現讓大廳的氣氛一下子緊張起來，駱駝老闆冷笑著說道：「千面怪盜，你以為憑你一個小賊，能帶著神泉之杯離開嗎？」

說完，駱駝老闆狠狠的用拐杖敲了敲地板，只見所有的保全都聚集了過來，個個虎視眈眈的看著千面怪盜。

千面怪盜拍拍胸口說：「哎呀呀，我真的好怕呀！這裡不僅有這麼多保全，還有獠牙組織的老虎，他臉上的刀疤看起來可真是嚇人！」

「還等什麼！快上！」

駱駝老闆一聲令下，周圍的保全朝著千面怪盜一擁而上，刀疤老虎此刻也有了動作，他奔向千面怪盜站立的地方，卻在半途改變了方向。

「住手！都不准動！」

所有的人都停了下來，保全們全都僵硬的停在原地不敢動，因為，那隻凶惡的刀疤老虎的鋒利爪子，此刻正架在駱駝老闆的脖子上。

駱駝老闆強忍著顫抖問：「你這是什麼意思？」

在場的保全們也對眼前的狀況都充滿了疑惑：為什麼獠牙組織的刀疤老虎會突然挾持駱駝老闆，他們不是合作關係嗎？

這時，一個冷靜又堅定的聲音響起：「因為他根本不是獠牙組織的人！」

是邁克狐的聲音！

邁克狐抖了抖身子，身上的繩索全都散開了，啾颯也是一樣。刀疤老虎一進來，就悄悄用飛鏢劃斷了他們身上的繩索。

啾颯說：「啾，要一直假裝被綁起來，真累啾！」

啾颯活動活動翅膀，和邁克狐一起來到

大廳的中央，站在駱駝老闆的面前。駱駝老闆此刻看起來有些虛弱，但是已經冷靜下來，他明白了：「斑點狗管家是假扮的，看來刀疤老虎也是假扮的。」

月光幻影說：「維護正義也是一門藝術，駱駝老闆，當你想要利用貓爪怪探團的時候，就應該預料到這一刻。」

這個獠牙組織的刀疤老虎，竟然是貓爪怪探團的月光幻影假扮的！現在的情況完全逆轉，由於駱駝老闆被挾持，在場的保全們全不敢輕舉妄動，而邁克狐和啾颯已經重獲自由，只要他們想，就能立刻離開。

駱駝老闆歎了口氣，說：「咳咳咳，我輸了，邁克狐想走就走吧，神泉之杯你們也可以帶走……但……但能不能等獠牙組織的人來了……讓我喝下泉水……再帶走？」

他蒼老而渾濁的眼睛裡充滿了祈求：「我……我只是想治好我的病……」

邁克狐注視著他，輕輕的歎了一口氣，有些不忍的說：「就算你喝下了泉水，你的病也不會有絲毫好轉。」

駱駝老闆睜大了渾濁的雙眼說：「啊……怎……怎麼會?!你……你胡說！我明明見過，獠牙組織能讓人力大無窮、身手矯健……」

邁克狐說道：「那只不過是獠牙組織的騙術罷了。」

「你胡說！咳咳咳！」駱駝老闆因為激動劇烈的咳嗽起來，「這肯定都是你的謊言，只是為了讓我放棄神泉之杯！」

邁克狐搖搖頭說：「假如我要帶走神泉之杯，現在就能直接帶走，為什麼還要騙你呢？再說了，我從不騙人。一直以來，我都在追查獠牙組織。你們遠在伊洛拉群島可能不清楚情況，獠牙組織已經在格蘭島製造了很多罪案。」

說著，他眼中閃出憤怒的火花：「他們收集神祕的匣子，利用匣子製作出能夠令動物力氣變大、速度變快的藥水。可是喝了藥水的動物會發狂、失去理智，而且很快就會消耗掉所有的生命力。」

駱駝老闆顫抖著問：「什……什麼？消耗生命力是什麼意思？」

「就是會迅速走向死亡。」邁克狐的話語一出，駱駝老闆和月光幻影都倒吸一口涼氣，他們意識到，獠牙組織完全就是利用動物進行實驗，根本不顧動物的死活。

邁克狐接著說道：「透過你之前說的，我大概推理出了獠牙組織的目的，他們恐怕是認為神泉之杯和匣子有關係，於是利用你找到神泉之杯，並且引誘出可能與泉水之國有關的人。可是我還有一點沒有搞清楚。」

忽然，邁克狐看向不遠處拿著杯子的千面怪盜：「千面怪盜，為什麼你會對神泉之杯感興趣呢？難道你也想長生不老嗎？」

「我？」千面怪盜指了指自己，「我的目的嘛……」

忽然，千面怪盜狡黠的笑了笑，然後高舉起手中的神泉之杯狠狠往地上一砸！

啾颯驚呼：「啾！」

尼爾豹也大叫道：「啊！你要幹什麼?!」

碎裂的聲音並沒有傳來，取而代之的是一股濃煙在屋子裡彌漫開來，那煙似乎帶著一絲洋蔥的辛辣，熏得邁克狐睜不開眼睛，只聽見一個聲音說：「大神探，你就自己慢慢猜吧！」

邁克狐瞇著眼睛往聲音傳來的方向跑去，卻感覺腳下碰到了什麼東西，他低頭一看，神泉之杯好好的躺

在地上。

濃煙散去，千面怪盜已經失去了蹤影。駱駝老闆頹然的坐在地上：「唉……咳咳咳……看來，我沒有希望了。」

儘管駱駝老闆被獠牙組織蒙蔽，做了錯事，但是看到他現在這絕望的樣子，啾颯忍不住走過去，拍了拍他的肩膀。

啾颯說：「啾，享受當下啾！」

駱駝老闆歎了口氣：「小啾啾，也許你說得沒錯，只要我還沒有走到終點，就應該繼續享受路上的風景……月光幻影，邁克狐，這次給你們製造了這麼大的麻煩，真的是很對不起。」

「沒什麼！不過我總算從千面怪盜的手中保護了神泉之杯，這下委託完成，再見！」說完，月光幻影縱身一躍，跳出窗戶，矯健的身影迅速消失在了樹林之中。

啾颯說：「啾，為什麼不走門啾？」

邁克狐回答道：「可能是怪探堅持的風格吧……」

就這樣，神泉之杯引發的風波就此落幕。經歷了這件事情，為了表達自己的歉意，駱駝老闆將之前的展覽館重新裝修了一下，加入了許多保護文物的設備，把它變成了一個博物館，所有的動物無論貧窮還是富有，都能到博物館免費參觀那些文物。而神泉之杯，當然就是這個博物館的鎮館之寶。

碼頭上海風陣陣，邁克狐和啾颯提著一大堆伊洛拉群島的特產與雪莉貓他們道別。

多古力不捨的說：「邁克狐，這次多虧了你！回去的路上就好好休息吧，等我有空了，一定去格蘭島看你！」

邁克狐和多古力就像在克里特特國際學院讀書的時候那樣碰了碰拳，看來有些事情不管過去多久，也不會變化。

尼爾豹感嘆的說：「以前只能在故事裡聽到，現在實際看到了才更覺得邁克狐可真厲害啊……真好，我也想當一個神探。」

雪莉貓瞥了尼爾豹一眼說：「尼爾豹，要當神探，首先得腦子好。你算清楚昨天店裡的賬了嗎？」

尼爾豹的臉一下子漲得通紅：「呃……啊……哈哈……」

邁克狐說：「雪莉貓，尼爾豹，你們現在在做的事情也非常厲害啊。」

說完，邁克狐沒有在意他們呆滯的神情，和啾颯一起登上了回格蘭島的船。

郵輪起航，漸漸的遠離了伊洛拉群島。尼爾豹終於回過神來，問道：「邁克狐的意思……是……」

雪莉貓捂住臉說：「看來邁克狐學長已經猜出我們貓爪怪探團的身分了。」

多古力伸了個懶腰，不動聲色的說：「邁克狐可是我多古力大師的室友，這麼點事情都猜不出來嗎？好啦好啦，收工，回家睡覺咯！」

回格蘭島的船上，啾颯左望望、右望望，忽然看到一個熟悉的身影：「啾，艾琳娜娜啾！」

艾琳娜娜驚喜的揮揮手：「啾颯，邁克狐，你們也來伊洛拉群島旅遊了啊？」

神探和怪探

拜拜！
沒想到我們怪探的身分這麼快就被發現了……
是呀，真不愧是神探邁克狐！
啾！
我也維護正義！啾！
啾颯?!
此時在船上。
你是誰？
我是正在出差的啾多多，啾。
……
後來雪莉貓用直升機把啾颯送回了船上。

國家圖書館出版品預行編目（CIP）資料

貓爪怪探團・混沌時代篇5：怪盜與怪探／多多羅著. -- 初版. -- 臺北市：臺灣東販股份有限公司,
2025.04
142面；14.7×21公分
ISBN 978-626-379-818-2（平裝）

859.6　　114001883

本著物之版式及圖片由中信出版集團股份有限公司授權。

本書透過四川文智立心傳媒有限公司代理，經珠海多多羅數字科技有限公司授權，同意由台灣東販股份有限公司在全球獨家發行中文繁體版本。非經書面同意，不得以任何形式任意重製、轉載。

貓爪怪探團・混沌時代篇5

怪盜與怪探

2025 年 4 月 1 日初版第一刷發行

著　　者　多多羅
繪　　者　丁立儂、嗚珂、脆哩哩
主　　編　陳其衍
美術編輯　林佩儀
發 行 人　若森稔雄
發 行 所　台灣東販股份有限公司
　　　　　＜地址＞台北市南京東路 4 段 130 號 2F-1
　　　　　＜電話＞(02)2577-8878
　　　　　＜傳真＞(02)2577-8896
　　　　　＜網址＞https://www.tohan.com.tw
郵撥帳號　1405049-4
法律顧問　蕭雄淋律師
總 經 銷　聯合發行股份有限公司
　　　　　＜電話＞(02)2917-8022

TOHAN